講談社文庫

コンタミ 科学汚染

伊与原 新

講談社

目次

コンタミ

科学汚染

A
B
HEART
I
O
AB

「じゃあ、女の子の中でA型の人！」

宇賀神《うがじん》が声を張り上げた。小鼻をうごめかしている。乗ってきた証拠だ。

五人の女子学生のうち、二人が手を挙げた。宇賀神の唇《くちびる》の片端がわずかに上がったのを、圭《けい》は見逃さない。

「じゃあ、O型の男は？」

宇賀神はそう言って自ら「はーい」と手を挙げた。圭もしぶしぶ右手を顔の横にやる。

「十人みんなで話すのって、難しいじゃない？」宇賀神が言った。「だから、血液型の組み合わせでグループに分けまーす。まず、A型女子とO型男子のグループね。相性がいいって定説だから」

女子学生の間から「えー」と声が上がる。否定でも肯定でもない、ただのリアクションだ。

他に三人いる男子学生は、微妙な表情で顔を見合わせた。急に仕切り始めた自称〝三十代前半〟の男に明らかに戸惑っている。

人数合わせにかき集めたこの三人は圭の友人の友人たちで、とくに親しいわけではなかった。みな圭と同じ修士課程一年の大学院生だが、専攻は生命科学ではない。宇賀神とも今日が初対面だ。

「大丈夫、大丈夫。ちゃんと順番に回っていくようにするから」宇賀神が一同を見回してまくしたてる。「B型の人は？　じゃあ、もう一組はB型どうしでいこうか。これも相性いいんだわ。とすると、残りは――」

宇賀神は十人の男女を手早く三つのグループに分け、席を移動させる。

圭は宇賀神と並んで座っていたので、動かなかった。A型の女子二人が、グラスを手に向かいの席にやってくる。

左は黒髪でボブ、右は茶髪のセミロングだ。これまでの傾向から考えて、宇賀神が気に入っているのはたぶん右側だろう。五人の中で一番スタイルがよく、肌の露出が多い。

あらためて四人で乾杯した。

「ほんとに大学の先生なんですかぁ？」右のセミロングが宇賀神に訊《き》いた。

「そうだよ。なんで？」

「だって、ねえ」と隣のボブと目でうなずき合う。「先生が学生に混ざってこんなところに」

「いや、私の場合はね」宇賀神が眉根《まゆね》を寄せた。格好をつけているのだ。「これも社会生物学のフィールドワークの一環だから。ドーキンスとかグールド的な意味でね」

「えー、よくわかんない」セミロングが言った。

「でもなんか研究者っぽい。今の」ボブは感心している。

どこがだ。圭は小さくため息をついた。リチャード・ドーキンスとスティーブン・ジェイ・グールドはともに著名な進化生物学者だが、男女の生態を研究するために合コンに参加したりはしない。

「先生が血液型とかって言い出したから、ちょっとびっくり」セミロングが大げさに眉を上げる。

「生物学的にみても、やっぱりあるんですか？　相性とか」ボブが訊いた。

「もちろんあるさ」宇賀神が真顔でうなずく。「血液型によって体質とか病気のかかりやすさに違いがあることは確かなんだ。例えば、ある伝染病にA型の人がかかりやすいとしよう。するとA型の中でも、より衛生に気を使う几帳面《きちょうめん》な人のほうが、生き残る確率が高くなるでしょ？　長い自然淘汰《とうた》の過程で、A型という集団がそういう特徴的な性格を持つに至った可能性はあるよね」

「へー、すごい」セミロングはつけまつげの目を瞬《しばた》かせて、ボブに同意を求める。

「すごくない？」

「うん、すごい。説明がそれっぽい」ボブが応じる。

「性格の違いとか、絶対あるもんね。あたしなんか、典型的なA型だねってよく言われるもん。潔癖症だし」

「あんた、部屋めっちゃ汚いじゃん」

「ちょっと、やめてよ」

笑い合う二人を交互に見ながら、宇賀神が言う。

「だから当然、血液型による相性だってある。数ある組み合わせの中でも、A型の女とO型の男の相性は最高だよ」

「それ、聞いたことあります」

「あたしも」

二人が食いついてきたところで、宇賀神はセミロングに狙いを定めた。

「君の両親は、それぞれ何型？」

「ママがO型で、パパがA型かな」

「ということは――」宇賀神はあごに手をやった。何か企《たくら》んでいるときによくやる仕草だ。「父親由来のA抗原か。私のような非ボンベイ型のO型の男との相性は抜群にいいよ。もはや運命的と言ってもいい」

「ほんとですかぁ？」セミロングは上目づかいに宇賀神に言う。「なんか先生、その真面目な顔が逆にいやらしい」

宇賀神は表情を崩すことなく、セミロングの瞳を見つめた。

「今日、君と初めて出会ったときから運命を感じていた。いや、たぶん出会う前から感じていた」

出た。ここぞというときに出る歯の浮くような台詞《せりふ》は、たいてい映画からの引用だ。宇賀神は映画マニアなのだ。

セミロングとボブは「ウケる」と手を叩《たた》いて笑っている。圭はしらけた顔が目立たぬよう、うつむいてビールジョッキを見つめた。

「町村《まちむら》さんは、どう思います？」ボブが訊いてきた。「先生の研究室にいるってことは、町村さんも生物の研究をしてるんですよね？」

「うん、まあ」仕方なく顔を上げる。「でも、血液の専門家じゃないし、医学的なこともよくわかんないよ。最近聞いた話だと、消化器の形状や性質とか、ノロウイルスに対する感受性については、血液型と少し相関があるみたいだけど」

「なんか、話が難しい」セミロングが口をとがらせた。

「慶成大《けいせいだい》の大学院生だもん。頭いいんだよ」ボブが言う。

「先生みたく、もっとわかりやすく言ってください」セミロングが小首をかしげた。

「まあ要するに……」ちらりと宇賀神のほうをうかがう。「血液型と病気のかかりやすさにはほとんど関係がないし、ましてやそれが性格に影響するなんてことはもっと眉唾《まゆつば》ってこと――かな」

「えー、そうなんだ」

「つまんなーい」

二人が言うのと同時に、宇賀神がテーブルの下で足を蹴ってくる。もうやめろということだ。

「町村は、学説に対する態度が杓子定規《しゃくしじょうぎ》っていうか、保守的なんだよね」宇賀神がかぶりを振りながら言う。「もっとチャレンジングな研究者を目指せって、いつも言ってるんだけど」

「そうそう」セミロングが一転、笑顔を向けてくる。「町村さん、せっかくそんなにカッコいいんだから、もうちょっとその場のノリっていうか、空気を読んだほうがいいですよ」

「だよね、もったいない」ボブもうなずいている。「あと、その洋服も。もうちょっと何とかしてあげたくなっちゃう」

圭は着古したチェックのネルシャツに目をやり、「……すみません」とつぶやいた。

血液型の話に飽きたのか、セミロングが話題を変える。

「先生って、大学ではどんな感じなんですか？」

また宇賀神に足を蹴られた。何の合図かはわかっている。

「お世話になりっぱなしだよ、ほんとに」あらかじめ指定された台詞を思い出しつつ答える。「研究者としても尊敬できるし、悩みも聞いてくれるし、あと何だっけ……そう、頼れる兄貴って感じ。よくおごってくれるしね」

「気前いいんだ」ボブが言う。

「そうだね」並べた褒《ほ》め言葉のうち、嘘《うそ》でないのはそれだけだ。

「もしかして、独身貴族って感じですか？」セミロングが訊いた。

「うん。僕らじゃとても行けないような高いお店にも連れてってくれるよ」

「そうだ！　あたし、あそこ行きたい！」セミロングが手を打つ。「高級カラオケ屋さん！　おしゃれな個室でー、ふかふかのソファがあってー、おいしい料理とワインがあってー」

「いいね、いいね」ボブも顔を輝かせる。

「近くにあるんだって。一回行ってみたかったの。二次会で連れてってくださーい！」

「カラオケか……」宇賀神がまたあごに手をやった。「ワインが飲みたいなら、いいワインバーを知ってるから――」

「えー、高級カラオケがいい」セミロングが頬をふくらませる。

「町村さんも行きますよね？」ボブが訊いてきた。

「え？　いや、どうしようかな……」正直、早く帰ってゲームでもしたい。

「行きましょうよー」セミロングが甘えた声を出す。「町村さんが行かないなら、あたしも行かない」

隣の宇賀神から刺すような視線を感じるが、とても顔を向けられない。

しばらくして、宇賀神がトイレに立った。十秒もしないうちにスマートフォンに宇賀神からメッセージが入り、トイレに呼び出された。

宇賀神は用を足していた。隣の小便器の前に立つなり、宇賀神が怒りをこめて言う。

「圭、てめー余計なこと言ってんじゃねえよ」

並んで立つと、宇賀神は頭一つ分背が低い。そのせいか、すごまれても怖くはない。

「すいません、つい口がすべっちゃって。でも、嘘はついてませんよ。いい加減なことばっかり言ってるのは、先生のほうじゃないですか」

「血液型と疾患の話か。あんなの酒の席での知的なジョークだろうが」

「それに、何ですか、非ボンベイ型のO型って。それってごく普通のO型のことでしょ。そもそも先生、AB型じゃないですか」

「だから何だよ」

「もしあのセミロングの子がB型だったら、自分もB型だと言うつもりだったんでしょ」

「いいか、圭」宇賀神がファスナーを上げながら言った。「血液型なんて何だっていいんだ。今俺に必要なのは輸血じゃない。あの子と少しでも長く話をするチャンスなんだよ」

「はあ」

「それから、二次会、あの子も絶対に連れてこい。ただし、カラオケはダメだぞ」宇賀神は洗面台に向かった。「そこはお前の責任において阻止しろ」

宇賀神は歌が苦手なわけではない。むしろ、相当な美声の持ち主だ。本人曰《いわ》くトム・クルーズ似の顔も、濃くはあるが、ハンサムの部類に入るだろう。ただ、百六十センチをわずかに切る身長を、本人はとても気にしている。

以前、合コンでカラオケに行き、宇賀神が気に入った女性とデュエットをしたことがある。その女性はかなり背が高く、二人が並んで立つと身長差が目立った。それをみんなにひどくからかわれたことが、トラウマになっているらしい。

「つたく、自分ばっかりモテやがって」宇賀神が前髪を整えながら忌々《いまいま》しげに言う。

「え？　僕、モテてたんですか？」

宇賀神は鬼の形相で鏡越しに圭をにらみつけると、舌打ちをしてドアに向かった。その背中に向けて最後に訊く。

「そういえば、今日の決め台詞は何て映画からですか？」

「『陽《ひ》のあたる場所』。モンゴメリー・クリフトとエリザベス・テイラーだ。そんなことも知らんのか」

「オリジナルの台詞は？」

「いちいち訊くな。借りて観ろ」宇賀神は乱暴に扉を押し開け、テーブルに戻っていった。

＊

「あれ？　曇《くも》ったか？」

東都《とうと》工科大学の正門をくぐるなり、宇賀神が言った。

「は？　晴れてますけど」見上げるまでもない。気持ちのいい秋晴れだ。

「ああ、キャンパス内に入ったからか」宇賀神は本気とも冗談ともつかない調子で言う。「急に景色がモノクロになった。ここのキャンパスはいつ来ても暗い。屈折した男どもの負の感情が沈殿していて、空気が淀《よど》んでいる。酸欠になる。鬱《うつ》になる」

「ひどいな。華やかさに欠けるのはしょうがないですよ」

東都工科大学は、国立理工系大学のトップに君臨している。学生数の男女比はおよそ九対一らしい。理系の男子学生がひしめいているのだから、構内に色の数が少ないのも当然だ。辺りで一番派手なのは、ストライプの入った青いスーツに紫《むらさき》色のネクタイを締め、胸にポケットチーフをのぞかせた宇賀神かもしれない。

「お前にはぴったりの場所だ。理系男子の要素を精製、濃縮して、エッセンスを抽出したような男だからな」

「なんですか、それ」

「慶成になんか来ずに、東都工科大に入ればよかったんだ」

今日も宇賀神は機嫌が悪い。一昨日の合コンの一件がまだ尾を引いている。

結局、二次会では例の高級カラオケ店に入った。宇賀神は一曲も歌わず、隅っこでむっつり水割りを飲んでいた。セミロングの女子学生は宇賀神そっちのけで、タンバリンを叩いて盛り上がっていた。メールアドレスの交換はおろか、別れ際に言葉を交わすことさえできなかったようだ。

一方、圭のスマートフォンにはセミロングとボブの連絡先が保存されることになったが、その事実は口が裂けても言えない。

似たようなバックパックを背負った男子学生の群れにまざり、目的の校舎に向かう。

それはメインストリートの突き当たり近く、道路のすぐ右側に建っていた。煉瓦《れんが》色のタイルが全面にあしらわれた古い四階建てだ。〈理学研究科2号館　物理学専攻〉と書かれたアルミ看板だけが真新しい。

階段で三階まで上がった。薄暗い廊下を、宇賀神はドアのネームプレートを確かめながら進んでいく。

「来たことないんですか？」圭は後ろから訊いた。

「ない。そもそも先方とは面識がない」

「そうなんですか？　だって、呼び出されたって――」

ちょうど廊下の突き当たりまで来て、宇賀神が立ち止まった。どうやらここらしい。黄ばんだプレートに〈教授　蓮見《はすみ》周《しゅう》〉と筆書きされている。焦茶《こげちゃ》色に塗装された木製の両開きドアをしばらく見つめ、宇賀神がぼそりと言った。

「――おい圭、やっぱ帰ろうか」

「はい？」

宇賀神は無言で扉を指差す。大判の白い紙が画鋲《がびょう》で貼られていた。そこに大きなフオントで印刷された言葉を、圭が声に出して読み上げる。

「〈一、この部屋に入る者は、血液型の話をしてはならない。一、この部屋に入る者は、星占いの話をしてはならない。一、この部屋に入る者は、魔術や心霊現象の話をしてはならない〉――。何なんですか、ここ」

「本気で酸欠になりそうだ」宇賀神は息苦しそうにネクタイの結び目に手をやる。

そのとき、扉が勢いよく内側に開いた。若い男が顔をのぞかせる。話し声が聞こえたのかもしれない。訝《いぶか》しげな目を向けてくる男に、宇賀神がため息まじりに告げる。

「慶成大の宇賀神が参ったと、蓮見先生に」

若い男は値踏みするように宇賀神と圭を見比べ、無愛想に「どうぞ」と言った。白い長袖Tシャツの柄《がら》に目がとまる。〈波動〉という二文字に重ねて、車両通行止めの道路標識――赤い円に斜線――が描かれていた。「波動禁止」とは、どういう意味だろう。水面に立つ波はもちろん、音も光も電波もすべて物理学でいうところの「波動」だが――。

宇賀神に続いて、圭もおずおずと中に足を踏み入れる。宇賀神のオフィスの三倍はあるだろう。どの壁にも一面に書棚が作り付けられており、和洋の専門書が詰め込まれている。中央には古めかしい応接セット。その奥は大きな木製のついたてに隠れて見えない。

宇賀神と圭をソファに座らせると、若い男はついたてのほうに「先生」と呼びかけた。

「──羽鳥《はとり》君」その向こうでしわがれ声が響く。教授の蓮見だろう。「客人にもコーヒーを」

羽鳥と呼ばれた若者は「へいへい」と面倒くさそうに応じ、部屋の隅のコーヒーメーカーへと向かう。ちょうど淹《い》れたばかりらしく、いい香りがたちこめている。

ぞんざいな態度でテーブルにカップを並べる羽鳥に、宇賀神が話しかける。

「君が羽鳥君か。ここの助教だね」

「ええ」羽鳥はあごをわずかに引いた。

「いいね、そのTシャツ。オシャレだとは一ミリも思わんが」

「別に、ファッションで着てるわけじゃないんで」羽鳥は素っ気なく答える。

「そんなキテレツなTシャツ、どこで買うんだい？」

「自作すよ」

「啓蒙《けいもう》Tシャツってわけか」宇賀神が冷笑を浮かべた。「さすがは御大のお弟子さんだ」

御大？　蓮見教授は学界の重鎮なのだろうか。それにしても、宇賀神と羽鳥の間の空気がやけに張りつめている。それを少しでも和らげようと、圭は明るく羽鳥に訊いた。

「そのマーク、どういう意味なんですか？　なんで『波動』が禁止なのか――」

「『波動』ってのは、ニセ科学における頻出ワードだよ」羽鳥がにこりともせず言う。

「ニセ科学？」

聞き返すのと同時に、ついたての陰《かげ》からやせた男が姿を現した。右脚《みぎあし》が不自由らしく、杖で体を支えている。長くのばした白いあごひげがいかにも老教授然と見せているが、定年間際だとしてもせいぜい六十過ぎのはずだ。豊かな髪も真っ白で、胸元には虎目石《とらめいし》のループタイが光っている。くぼんだ目の奥の瞳も、その石に似た色味を帯びていた。

この蓮見教授については、宇宙論を専門とする理論物理学者だということ以外、何も聞かされていない。先週、蓮見から宇賀神のもとにメールが送られてきて、研究室を訪ねてきてほしいと請《こ》われたそうだ。圭が付き添っているのは、一人で行くのは嫌だと宇賀神が駄々をこねたからに過ぎない。そのくせ、どういう用件かは何度訊いても教えてくれなかった。

蓮見は杖を使ってゆっくりこちらに近づいてくると、宇賀神の向かいに腰を下ろした。

「本来なら私がそちらへ出向くべきところ、ご足労をおかけして申しわけない。何ぶん、こんなものに頼らねばならん体でね」

　蓮見が杖を持ち上げると、宇賀神は「いえ」と肩をすくめた。

「動きやすいほうが動けばいい。私は『ハリー・ポッター』のファンですが、それぐらいの合理性は持ち合わせてますよ。それとも、ここでは映画のタイトルも口にしちゃいけませんか」

「扉の張り紙のことかね」蓮見が細い肩を揺らした。「あれは、私の好まないものを周知しているに過ぎん。実際のところ、ニセ科学に比べれば、魔法や占い、オカルトの類いに大した害はないのだよ」

　まただ。さっきから、ニセ科学、ニセ科学と、この二人は何者だ？　そもそも、「ニセ科学」なるものの正体が、わかるようでわからない。

「あのう……」圭は遠慮がちに口をはさんだ。「その、ニセ科学というのは、いったい――」

「疑似科学のことだ」宇賀神が間髪《かんはつ》をいれずに答える。

「ああ」その言葉ならまだ馴染《なじ》みがある。科学のように見えて、実は科学ではないもの。科学だと広く信じられているが、科学ではないもの――というほどの意味だろう。

　宇賀神は皮肉めいた調子で言う。「こちらの方々は、〝ニセ科学〟という呼び方にこだわっておられるようだがな」

そんな言葉を気に留める風もなく、蓮見は圭に向かって諭すように言う。

「魔法や占いは、科学ではない。非科学だ。占い師も普通、占いを科学だと強弁したりはしない。だが、非科学の中には、科学を装ったものが存在する。でたらめな科学用語をちりばめ、あたかも科学的であるかのように見せかけて、人々をだます。それが、ニセ科学だよ」

「なるほど」仕掛ける側の故意、悪意を強調して、「ニセ科学」と呼んでいるわけか。

宇賀神がコーヒーをひと口すすり、横目に圭を見て言う。

「お前は知らんだろうが、世間にはヒマな——もとい、高潔な人間がいるもんでな。何人もの科学者や科学ジャーナリストが、世にはびこる疑似科学を暴き出し、糾弾し、駆逐しようと熱心に活動しているんだ」

宇賀神の言うとおり、まったく知らなかった。「ニセ科学」の定義さえあやふやだったのだから当然だろう。宇賀神が正面にあごをしゃくる。

「で、この蓮見先生は、そんな連中の間で、御大と呼ばれている。頭領と目されているわけだ」

「ほう、本人も初耳だな。誰に吹き込まれたのか知らないが——」

「もちろん、ネットです」宇賀神はなぜか偉そうだ。

「インターネットか」蓮見は眉をひそめた。「あれに書き散らかされたようなことを疑いもしないというのは、科学的な態度とは言えんな」

「ゴシップの類いは鵜呑《うの》みにすることにしてまして」

蓮見は宇賀神を見つめてあごひげをしごき、言った。「なかなか面白い方だ」

「よく言われます」宇賀神は平然と言ってのける。「見ず知らずの学者からメールが届いたら、誰だってその名前で検索をかける。あなたの場合、研究のことより先に疑似科学批判の記事がヒットした。あなた方のウェブサイトも有名だそうですね。ひととおり拝見しました」

「それは痛み入る。インターネットでの情報発信は、もっぱら羽鳥君に任せっきりなんだがね」

「ついでに疑似科学界隈《かいわい》のSNSや掲示板も覗《のぞ》いてみましたが、楽しませてもらいましたよ。あなたのような疑似科学批判派と、疑似科学批判批判派のバトルとかね。あまりの嚙《か》み合わなさに、笑いが止まらなかった」

「疑似科学批判批判派？」圭は驚いて聞き返す。「そんなのもいるんですか」

「ネット上に大勢いる。疑似科学批判の活動をしている研究者たちのことを、偉そうだの、科学至上主義者だの、御用学者だのと毛嫌いしてる。そういうそいつらにしても、妙にインテリぶっていて、屁理屈だけが達者で、もれなく上から目線だがな」

「へえ、そうなんだ」ぼそりと言った。

「不毛な争いだ」

宇賀神は音を立ててカップを置き、蓮見を正面から見据える。

「で、ご用件は？」険《けん》のある声で訊いた。「メールには〈桜井美冬《さくらいみふゆ》さんの件で——〉とありましたが、それだけではさすがにわからない」

桜井美冬——どこかで聞いた名前のような気もするが、思い出せない。

「それでもあなたはここへ来てくださった。島津《しまづ》さんの言ったとおりだ」

「おや、お師匠さんとお知り合いでしたか」

東都大学の島津教授——すでに定年を迎え、今は名誉教授だが——は、学部、大学院を通じて宇賀神の指導教員だった。圭も学会会場で何度か言葉を交わしたことがある。

「十年近く前になるが、彼とは文科省の委員会で一緒になってね」蓮見が口もとを緩める。「私は役人と喧嘩《けんか》ばかりしていたのでその一度きりだったが、島津さんはそれからもいろんな委員会に呼ばれていたよ」

「うちのお師匠さん、人が好すぎるんですよ。頼まれたら嫌と言えない性格で」

圭は宇賀神の横顔をうかがった。なるほど。だから宇賀神のような面倒くさい学生の指導を引き受ける羽目になったのだろう。

「桜井美冬さんとは、島津研で同期だったそうだね」蓮見が言った。

「ええ。美冬は博士課程で東都大に移ってきたので、机を並べたのは三年間だけですが」

「あ――」圭はそれを聞いて思い出した。「もしかして、あの『セル』の論文の、桜井さん？」

「そうだ」宇賀神はこちらを見ずにうなずく。

宇賀神研究室では、新入りの四年生がまず読まされる論文が五編ある。宇賀神曰く、その分野の最重要論文だ。四編は宇賀神自身の手になるもの。あとの一編が、『セル』という学術誌《ジャーナル》に掲載された、桜井美冬の論文だった。数多くの研究者に引用されている、有名な論文だという。著者の女性が宇賀神の同期だということもそのときに聞かされたが、会ったことはない。

蓮見は表情を硬くして、宇賀神の目をのぞきこんだ。

「桜井さんにどうしても訊かなければならないことがある。何とかしてコンタクトを取りたい」

「美冬に何の用ですか」

「申し訳ないが、それは言えない」

「おっと」宇賀神は大げさにのけぞった。「各種疑似科学団体にしつこく情報公開を求めているわりには、秘密主義なんですね」

宇賀神の皮肉にも、蓮見は顔色を変えない。宇賀神はあきらめたように息をつき、肩をすくめた。

「コンタクトを取りたいのは、私も同じですよ」

「やはり――」蓮見が静かに鼻息をもらす。「あなたもしばらく会っていないか」

「もう二年近くになります。最後にふられたのが、一昨年のクリスマスですから」

「ふられた？」圭は思わず口に出した。「しかも、最後にって……」

「美冬の誕生日は十二月二十五日でね。毎年、イブにディナーに誘って、交際を申し込んでいる。十二回連続でふられているが」

「そんなこと、初耳ですけど」圭は口をとがらせた。「なんか意外だし」

「なんでわざわざお前に知らせなきゃならないんだ。中学生じゃあるまいし」

「去年会わなかったってことは、もうあきらめたんですか」

「あいつ、勤めていた大学を辞めて、アメリカに行っちまったんですよ」宇賀神は蓮見に向かって答えた。「最後に私をふった翌日に。今もどこかの大学で任期付き研究員でもやっているはずです」

「今の居場所は知らないわけか」蓮見が言った。

「居場所もメールアドレスも電話番号も、何もわかりませんよ。まったく、薄情な女でね」宇賀神が腹立たしげに言った。「あいつは最初、スタンフォードにいたんです」

「へえ、カッコいいな」圭はつぶやいた。スタンフォード大学といえば、アメリカを代表する名門だ。やはり優秀な女性なのだろう。

「渡米して一年ほどはメールのやり取りをしてたんですが、そのうち返事が来なくなった。そして、この春には所属していた研究室《ラボ》のサイトから名前が消えた。どこかに移籍したんだと思います」

「アメリカにいるとは限らないんじゃないですか」圭が訊いた。

「いや」宇賀神は即座に否定する。「最後に会った夜、あいつは、『五年は帰らないから、もうあきらめて』と言った。そう宣言した以上、意地でも帰らないはずだ。まったく、頑固な女でね」

「我々は——」蓮見が厳《おごそ》かに言った。「桜井さんは今、日本にいると考えている」

「日本？」宇賀神の眉がぴくりと動く。「根拠は？」

「東京で彼女に会ったという者がいるのだ。彼女はそのとき、ある企業の研究所で働いていた」

「企業——」宇賀神が眉間《みけん》にしわを寄せる。「医薬品メーカーですか」

蓮見はかぶりを振った。「宇賀神さんは、『ＶＥＤＹ《ヴェディ》』というのをご存じか？」

「『Versatile Deep-sea Yeasts』——」宇賀神が気障《きざ》ったらしい巻き舌で言った。

「頭文字をとって、『VEDY』でしたよね、確か」

またしても知らない言葉だ。直訳すれば、「万能深海酵母群《こうぼ》」ということになる。イーストとしても知られる「酵母」は、食品の発酵などにも使われる単細胞生物の仲間だ。「深海」はともかく、「万能」という単語のせいで、学術用語にしてはどこか安っぽい。ということはやはり——。

「それも、疑似科学なんですか」圭は遠慮がちに確かめた。

「数年前から、疑似科学批判派の標的になっている」宇賀神はあごを突き出した。

「私が見たところ、急先鋒はこちらの蓮見先生だ」

蓮見は眉一つ動かさず、圭に向かって言う。

「VEDYというのは、その名のとおり、深海底に生息するとされる複数種の酵母の集合体だ。それを培養したものから、さまざまな商品が作られている」

「そういう会社があるんですか」

「そう。VEDYは、ある企業グループが独自に開発したという、専売特許の商品だ。その企業グループ自体も、VEDYと呼ばれている。雑誌やチラシで盛《さか》んに宣伝しているが、見たことはないかね？」

「いえ……知りませんでした」さすがに申し訳ないような気持ちになった。

羽鳥がその場を離れ、足早に出入り口のそばの机に歩み寄る。そこが彼の席らしい。二つ並んだ大きなモニターに、プログラムのコードが見える。パンフレットのようなものを手に戻ってくると、開いてテーブルに置いた。ＶＥＤＹの商品カタログだ。

羽鳥はそれを示して言う。「見てのとおり、商品のラインナップは多い。まずは、水質改善や土壌《どじょう》改良、果ては放射能除去にも有効だという高濃度酵母液、ＶＥＤＹ－Ω《オメガ》。これが主力商品だ。そして、それを粉末状にした、ＶＥＤＹパウダー。体とメンタルを健康にする飲料水、ＶＥＤＹウォーター」

確かにかなりの商品数だ。ＶＥＤＹウォーターだけでも十種類近い商品が載っている。そして、その値段に驚いた。ＶＥＤＹ－Ωが一リットル入り二千四百円はまだいいとして、飲料水シリーズの最高級品、ＶＥＤＹウォーターＥＸにいたっては、五百ミリリットルのペットボトルが三千二百円もする。

「水一本で三千二百円だなんて、とんでもないですね」圭はあきれて言った。

「さらには——」と羽鳥がページをめくる。「抗がん作用や抗ウイルス作用があるという触れ込みの、ＶＥＤＹ錠。こいつは六十錠入りで二万九千円だ。薬機法に引っかかるので、公式には薬効を謳《うた》っていない。でも連中は、いろんな手を使ってそんな話を広めてる」

「環境からがんまで、まさに万能ってわけですか」

「みんな、万能って言葉に弱い。iPS《アイピーエス》細胞とかES《イーエス》細胞――いわゆる万能細胞も話題だし。万能細胞があるなら、万能酵母があってもおかしくない。そう考える」

「でも、万能細胞の万能は、そういう意味じゃないですよね」そちらは、多能性――生体のさまざまな組織に分化することができる――という意味だ。

「一般人にそんな違いはわかんねーよ」羽鳥は冷めた調子で言い切った。「VEDYの商品に共通のキャッチコピーは、〈神秘の深海パワー〉。深海はまだ未知の世界。生命誕生の地とも言われてる。驚くべき力を秘めた微生物がウヨウヨいるってわけ。言うまでもないけど、VEDYの効能について、科学的根拠と言えるようなものは何一つない」

「VEDYはもはや、巷《ちまた》にあふれる怪しげな健康食品の一つなどではない」今度は蓮見が言った。厳しい声音だ。「産学官民を巻き込んだ、一大ビジネスへと成長した。グループ全体の年商は二百億円前後と見られるが、その影響力は売上高だけでは測れない。ある種の人間たちにとって、VEDYはシンボルと化しつつあるからだ」

「シンボルって、どういう意味ですか」

「万能のVEDYが世界を救うと本気で考えている人々が、大勢いるのだよ。熱心な信者たちが、農業、教育、医療など、さまざまな分野に入り込み、布教活動をおこなっている」

「もはや宗教に近いってことですか」

それはわかったが、正直、大げさだなと思った。そこまでのものなら、いくら興味がないとはいえ、今日が初耳ということはない気がする。

蓮見は先を急ぐように、宇賀神に向かって続ける。

「ＶＥＤＹという企業グループの中核をなすのは、二つの組織だ。一つは、ＶＥＤＹ振興機構。グループを統括する組織で、傘下にいくつもの子会社、ＮＰＯ、財団法人をもっている。そして、もう一つの柱が、ＶＥＤＹ研究所。ＶＥＤＹ関連商品の研究開発を担っている」

「その研究所に美冬がいたとでも言うんですか」宇賀神が先回りした。つまらない冗談でも聞いているような顔だ。

「そうだ」と蓮見がうなずく。「我々にそのことを教えてくれたのは、ＶＥＤＹ研究所に試薬や実験器具を納めている業者の営業マンでね。彼の話によれば、桜井さんはそこで『ユニットリーダー』と呼ばれていたそうだ」

「人違いです」宇賀神は即座に断じた。「同姓同名か、他人の空似だ。桜井美冬と少しでも付き合いのある人間なら、あいつに限ってそれは絶対にあり得ないとわかる」

「絶対にあり得ない？」蓮見が顔をしかめる。「科学の徒が軽々しく口にすべき言葉ではないな。ことにこれは、サイエンスの話ではなく、人間の話なのだよ」

「人間の話だからそう言ったんです。私はそこまで科学を過大評価しちゃいませんよ」

宇賀神はしたり顔で言い返し、続ける。

「例えば、あるとき美冬は、毛先だけチリチリのひどい髪形でラボに現れた。聞けば、美容室で美容師と口論になり、パーマの途中で店を出たという。口論の原因は、シャンプー」

「それってもしかして」羽鳥が言った。「経皮毒?」

「ご名答」

ぽかんとしている圭に、羽鳥が解説する。

「市販のシャンプーに含まれるラウリル硫酸《りゅうさん》ナトリウムなどの粗悪な界面活性剤《かいめんかっせいざい》が、皮膚を通じて体内に取り込まれ、肝臓や子宮に蓄積し、がんや不妊症の原因になる。それが経皮毒。信じてる人が多いニセ科学の一つだよ」

「美冬を担当した美容師が、『スーパーで安売りされているようなシャンプーを使っていると、経皮毒のせいで子供が産めない体になりますよ』と言ったらしい。激怒した美冬は、低濃度の界面活性剤がどうやって皮膚を通り抜けて毛細血管まで入り込むのか、ましてやそれがどういう仕組みで臓器に蓄積するのか、と美容師を問いつめた。さらには、経皮毒などというウソで客を脅し、自分の店のバカ高いシャンプーを売りつけようなんて最低だ、と言ったそうだ」

宇賀神は蓮見と羽鳥を交互に見ながら、さらにたたみかける。

「その手の話には事欠かない。一緒に家電量販店に行ったときは、ある浄水器の前で〝トルマリンパワー〟とやらが働く機序《きじょ》を鉱物学的に説明しろ、と店員に詰め寄った。駅前で、あなたの幸せを祈らせてください、と近寄ってきた妙な女を泣かせたこともある」

最後の一件は疑似科学と関係ない気がしたが、宇賀神の言わんとすることはわかった。桜井美冬という女性は、とにかくそういう人なのだ。宇賀神と気が合うとはとても思えないが、よほど美人なのだろうか――。

「そんな女が、よりにもよってＶＥＤＹなんぞの研究所に？　何度でも言いますが、絶対にあり得ない」宇賀神は挑発するように言い放つと、両手を広げてかぶりを振った。

「だが」蓮見が虎目石のような瞳をむき出しにする。「彼女は海老沼《えびぬま》教授の教え子だ」

宇賀神が固まった。圭はその隙に横から問いをはさむ。

「海老沼教授というのは？」

「北陸《ほくりく》理科大学の教授だ」蓮見が答えた。

「北陸理科大というと、富山にある――」小規模ながら伝統ある理工系大学だ。

「十年ほど前に定年退職して、今は名誉教授ということになっている。専門は応用微生物学。桜井さんはもともと北陸理科大の出身で、修士課程まで海老沼教授の研究室にいた」

「そうでしたか」現役を退《しりぞ》いて十年も経っているなら、圭がその名を知らなくとも不思議ではない。

「そして」蓮見は宇賀神の顔をちらりと見やり、はっきりと言った。「VEDYを作り出したのは、その海老沼教授なのだよ」

「え？」意外な展開に、思わず声が漏れる。「だったら――」

「いや」宇賀神が再び口を開いた。硬い声で反論する。「海老沼教授がVEDYなどと言い出したのは、美冬が海老沼研を離れたあとのことでしょうが。あいつはそんなものに関わっていない」

「当初の開発には関わっていないかもしれない。だが今は違うのだ」

蓮見は羽鳥に目配《めくば》せした。もう一度席に戻った羽鳥が、今度はフリーペーパーのような冊子を持ってきた。カラフルなフォントで〈ハピネスVEDY 六月号〉とある。

「VEDYグループの会誌だよ」羽鳥はそう言ってページをめくった。第二面の中央に、白衣姿でピペットを握る女性の写真――。

それが目に入るやいなや、宇賀神は会誌をつかみ上げた。破れんばかりに冊子の端《はし》を握りしめ、顔を近づけて目を凝らす。

「――何やってんだ、美冬のやつ……」写真の女性に向かって、喉《のど》を絞《しぼ》るように言った。

「やっぱりそうなんですか」圭も首をのばしてのぞき込む。写真の下に、〈酵母機能研究ユニットのユニットリーダーに就任した、桜井美冬博士〉とキャプションがついている。

「――信じられん。なんでこんなこと……」うめきにも似た宇賀神の声は、かすかに震えていた。こんな姿を見るのは初めてだ。

「どうだね。同姓同名の別人というわけではないだろう」蓮見はむしろ穏やかに言った。「VEDY振興機構は、彼女の就任をそうやって大々的に宣伝した。アメリカの一流大学から新進気鋭の女性研究者を招いた、という表現でね」

写真の桜井美冬は、口もとをきゅっと引き締め、ピペットの先端に真剣な眼差しを注いでいた。思ったとおり、色白で面長《おもなが》の美人だ。切れ上がった目もとがもたらす硬質な印象に、厚みのある唇が愛らしさを加えている。それに、上半身だけの写真でわかるほど、おそらく彼女は背が高い。少なくとも宇賀神よりは。

宇賀神がやっと顔を上げた。鉛《なまり》でも飲み込んだような表情で、蓮見に食い下がる。

「――とにかく、何か間違いがあるはずだ。美冬が自らすすんでVEDYなんかに関わるはずがない。騙《だま》されて名前を使われているということだってあり得る。あるいは、VEDYがどんなものかよく知らないまま、共同研究の一端を担《かつ》がされているだけかも――」

羽鳥が鼻で嗤《わら》った。「ユニットリーダーは幹部だぜ？　何にも知らずに騙されて、ほいほい幹部に就任したってのか？　それこそあり得ない」

宇賀神は羽鳥をひとにらみし、会誌をテーブルに投げ置いた。

信じられない思いは圭も同じだった。桜井美冬の人となりは知らない。それでも、あれほどの論文を書いた研究者が簡単に疑似科学に取り込まれるとは、とても思えなかった。

宇賀神が蓮見に視線を戻す。

「どんな事情があるにせよ、今も美冬がその研究所に出入りしているというなら、コンタクトをとる方法なんていくらでもあるでしょうが。私も今すぐ本人に問い質してやりたいですよ」

「我々がその営業マンから桜井さんのことを聞いたのは、先月――九月の中頃でね。彼が言うには、九月に入った頃から彼女の姿を研究所で見かけなくなっていたそうだ。どうしたのかと思って研究室のスタッフに訊《たず》ねると、リーダーはこのところずっと欠勤していると言われたらしい。以降、その営業マンは一度も桜井さんに会えていないのだよ」

「だったら、研究所の代表番号にでも電話をかけて、問い合わせてみればいい」

「もちろんそれは我々も試みた。だが、社員に関することには一切答えられない、の一点張りでね。伝言を託すことすらできなかった。桜井さんは親しい友人にさえ帰国したことを知らせていなかったようで、住所はおろか、電話番号やメールアドレスなどもわからない」

「ＶＥＤＹ振興機構と研究所は八王子《はちおうじ》にあってさ」羽鳥が言った。「敷地内に寮がある。そこに住んでいる可能性も考えて、何度か近くで待ち伏せまでしてみたけど、結局一度も出会えなかった」

「ずっと欠勤したままではすまないでしょう」

宇賀神の言葉に、蓮見がうなずいた。

「それからしばらくして、その営業マンが研究所を訪ねると、事務方の幹部から新しいユニットリーダーを紹介されたそうだ。桜井さんはどうしたのかと訊くと、退職した、と。彼女の部下たちも本人からは何も聞かされておらず、戸惑っていたらしい」

虚空《こくう》を見つめて固まった宇賀神に代わって、念のため確かめる。

「その後の消息は――？」

蓮見は目を見開いたまま、かぶりを振った。

＊

三月十日

本日より、ここに日記を書いてみることにいたしました。

この歳になってパソコンに触《さわ》るようになるとは、夢にも思いませんでした。「ブログ」というものの存在を教えてくれたのは、パソコンに詳しいお友だちです。彼女が、「あなたは絶対に自分の経験を書くべきよ」と勧めてくれたのです。

ですが、こんな雑文を読んでくださる方が本当にいるのかどうか、想像もつきません。何かと至らぬ点もあろうかと思いますが、どうかご容赦《ようしゃ》くださいませ。

最初に、わたし自身のことを書いておかなければいけませんね。いくら匿名《とくめい》でよいとはいえ、最低限のことは。

わたしは、五十代後半の女性。病を患《わずら》っております。病名は、肝内胆管《かんないたんかん》がん。とりわけたちの悪いがんだそうです。手術で切除したのですが、昨年再発。肺に転移も見つかりました。主治医の先生のお話では、再発した胆管がんには有効な治療法がないとのこと。はっきりとはおっしゃいませんでしたが、余命は一年もないとお考えのようでした。

絶望の淵《ふち》に立たされたわたしの生きるよすがとなったのは、大病院の現代医療ではなく、いわゆる「代替療法《だいたいりょうほう》」。一年近くの間、がんに効くとされるありとあらゆる方法を試してきました。そして、ついに希望の光を見つけたのです。

その名は、「深海酵母」。効果は初めて服用した翌朝に現れました。目覚めると、ベッドを下りるのも辛かった体が、びっくりするほど軽くなっているではありませんか。その変化はけっして気分的なものではありませんでした。深海酵母を飲み始めて二ヵ月。先週久しぶりに受けた検査で、肺に転移していたがんが小さくなっていることがわかったのです。

今わたしの体に起きていることを世間の皆様にお伝えすることは、がんに苦しむすべての方々の希望にもなるはずです。そしてそれが、ブログを始めようと決めた一番の理由です。

お恥ずかしい話ですが、ここまで打ち込むのに三時間もかかってしまいました。思ったよりずっと疲れる作業ですね。日記と称しておきながら、とても毎日は書けそうにありません。無理のないペースで続けていければと思います。

＊

朝食もとらずに家を出た。早足で駅に向かい、最後は小走りになって、発車間際の各駅停車に飛び乗った。

息を整えながらドアのわきに立ち、スマートフォンで時刻を確かめる。何とか間に合いそうだ。九時半に新しい業者が挨拶《あいさつ》に来るので同席するよう宇賀神に言われている。いつものように、圭を発注担当者として紹介するつもりなのだ。

宇賀神崇《たかし》は、先月三十八歳になった。まだ准教授だが、理工学研究科生命科学専攻で研究室を主宰している。研究テーマは、生物の老化や寿命。それをつかさどる遺伝子やタンパク質の働きを、分子生物学的な手法を用いて解明しようとしている。

宇賀神研究室には現在、修士一年の圭を含め五人の大学院生と、二人の学部四年生がいる。教員は宇賀神だけで、助教も秘書もいない。私立大学の研究室としてはかなり小さな世帯だ。学科の教授陣からは毎年のように、もっとたくさん学生を引き受けろと文句が出るそうだが、宇賀神は頑として応じない。

そんなわがままが許されているのは、彼が学内の若手教員の中で、ずば抜けて優秀な研究者だからだ。『ネイチャー』、『サイエンス』、『セル』といったトップクラスの学術誌にこれまで何編も論文を発表し、国内外の学会賞をいくつも受けている。大学上層部には、宇賀神を研究に集中させて看板教授に育てようという思惑があるらしい。

当然、研究者を目指す学生を中心に、宇賀神研究室への配属を希望する者は多い。その中から〝厳選〟されるのは、ある条件を満たした学生たちだ。まず、成績優秀であること。次に、勤勉であること。口答えしないこと。そして、なるべく女子であること。

とくに最後の条件については、宇賀神がそう公言しているわけではない。そんなことをすれば大問題になる。真面目で成績のいい学生を選ぶと女子ばかりになるというのが、宇賀神の表向きの言い分だ。

宇賀神の名誉のために言っておくと、彼は女好きではあるが、教え子に手は出さない。本人もそう明言しているし、そんな噂もない。圭の見る限り、セクハラじみた言動も皆無だ。宇賀神が女子学生を集めたがるのは、おそらく、実験室にむさくるしい男の臭いが充満するのが嫌だからにすぎない。

だから去年の春、成績はせいぜい中の上、女子でもない圭がその一人に選ばれたときは、同期の誰もが驚いた。選ばれたのにはもちろん理由がある。圭は宇賀神のオフィスを三度も詣で、雑用係としてでいいから一員に加えてくれと懇願したのだ。「本当にそれでいいんだな」と宇賀神が残忍な笑みを浮かべたときは一瞬ひるんだが、あとには引けなかった。

実は、当時の宇賀神が雑用係に適した学生を求めていたことを、圭は知っていた。

宇賀神研究室には、番頭として長らく雑務を一手に引き受けていた博士課程の男子大学院生がいた。彼がめでたく修了を迎え、その春研究室を去ることになっていたのだ。そしてその院生は、圭が以前講師のアルバイトをしていた学習塾の先輩でもあった。

そんなわけで、圭はなんとかその後釜《あとがま》におさまった。覚悟していたことではあるが、宇賀神は遠慮という言葉を知らなかった。消耗品の手配や実験動物の世話はもちろん、講義資料の準備から合コンのセッティングまで、雑用は際限なく降《ふ》ってくる。自分の研究をする暇はほとんどないが、セミナーで無様な発表をしても、宇賀神からきつく叱られることはない。

三つ目の駅を出てすぐ、後ろから肩をつかまれた。振り返れば、隣の研究室の同期がにやにやしながら立っている。

「助かったわ、町村がいて」同期が言った。

「あ？　何のこと？」

「ほら、あれ」と隣のドアをちらと見やる。

「おたくの先輩じゃん」修士二年の大学院生だ。紺《こん》色のスーツに身を包み、険《けわ》しい顔で窓の外を見つめている。

「十月に入ったってのに、まだ就活中」同期は声をひそめた。「ここんとこずっとイラついてさ、うちじゃ腫《は》れ物扱い。お前と一緒だったら、ラボに着くまであの人とからまなくてすむ」

「そんなに苦戦してるってことは、製薬でも狙ってんの？」

「てか、製薬にこだわり過ぎてこんなことになった。今は手当り次第に受けてるらしい」

世間には知られていないが、生命科学を専攻する学生の就職状況は大変に厳しい。医薬品業界にはやはり薬学部が、化学系メーカーには化学専攻が強い。食品関係や、頼みの綱のバイオ関連企業でさえ、農学部や工学部勢に押されている。

「だいたい、考え甘過ぎ」同期は蔑《さげす》みを込めて先輩の背中を見た。「俺はもっと戦略的かつ堅実に就活する。公務員試験対策も始めた」

「いつの間に進路変更したんだよ。前は博士課程まで行くって言ってたじゃん」

「無理無理。これ以上ピペド生活を続けるなんて、絶対無理」

ピペド――ピペット奴隷《どれい》とは、生命科学系の研究室で過酷な労働に就かされている大学院生や若手研究者のことを指す。実験という名のもとに、無給あるいは低賃金で単純作業を長時間強《し》いられることから、奴隷と揶揄《やゆ》されているわけだ。

「研究職はあきらめたわけ？」圭は訊いた。

「ケンキューショク？」ふざけた片言で繰り返し、乱暴に吐《は》き捨てる。「夢見る学部三年生じゃあるまいし」

生命科学専攻の学生たちは、四年生になって各研究室に配属されて初めて、厳しい現実を知ることになる。優秀な先輩たちが三十歳を過ぎても研究者として安定した職に就けず、気が滅入《めい》るようなピペド生活を続けている姿を目の当たりにするのだ。

同期は小さく息をつき、横目で圭を見上げた。

「ったく、お前にはやられたよ。全部計算ずくだったんだろ」

「人聞き悪いな」圭は苦笑した。「アドバイスをくれた人がいただけだよ。宇賀神研に入りたいならこうしろって」

「どんな手を使おうが、もぐり込んだらこっちのもんだよな。山本《やまもと》ちゃんは、博士《ドクター》に進む気満々なんだろ?」

「そうみたいだね」

山本は、宇賀神研究室でただ一人の同期。もちろん女子だ。まさに研究ひと筋で、将来は教授になると公言している。

「つまり、花菱《はなびし》製薬の枠は、自動的にお前に回ってくる」

それこそが、圭が宇賀神のひどい仕打ちに耐え続けている理由だった。

国内有数の医薬品メーカーである花菱製薬に、宇賀神は太いパイプを持っている。今どき珍しい話だが、花菱製薬には宇賀神研究室のための採用枠が一つ用意されているのだ。ただし、職種は研究開発ではなく、生産管理部門。研究室で戦力外と見なされた学生や、途中で心が折れた学生が毎年一人、そこへ押し込まれる。研究職を目指す者にとっては、挫折だろう。だが、とにかく一流企業に入れさえすればいいという者にとっては、願ってもない話だ。そして、圭は後者だった。

「自動的には回ってこないよ」圭はかぶりを振る。

「いや、お前は勝ち組だ」同期は恨めしそうに言った。「ったく、ぼーっとしたふりしやがってよ」

圭は無言で微笑《ほほえ》んだ。この同期はわかっていないのだ。宇賀神に魂を売り渡すというのが、どういうことか。

花菱製薬に推薦してもらうためには、宇賀神の機嫌を損《そこ》なうことなく、卒業まで雑用係をまっとうする必要がある。無論、宇賀神は圭の思惑を察している。だからこそ無茶な命令を平気でするのだ。

今の圭は宇賀神のピペット奴隷ではない。本物の奴隷だ。

当の宇賀神はと言えば、二日前に蓮見と面会して以来、心ここにあらずといった様子だ。あの日の帰り道も、何か考え込んだまま、ほとんど口をきかなかった。おかげで言いつけられる用事は半減したが、それがかえって不気味だった。

嫌な予感は的中した。

新しい業者は、約束の時刻ぴったりに宇賀神のオフィスに現れた。笑顔が張りついたような小太りの中年男で、名刺には〈マカベ理化《りか》　バイオサイエンス営業部　平田正志《ひらたまさし》〉とある。実験器具や試薬などの消耗品を扱う、よくある販売業者だ。

どこの大学にもこうした業者が毎日のように出入りしていて、各研究室に御用聞きをして回る。在庫さえあれば翌日に届けてくれるので、ありがたい存在だ。宇賀神研究室にも長年世話になっている業者がすでにある。別の会社に乗り換えるなどという話は聞いていない。

革張りの椅子《いす》にふんぞり返った宇賀神の前で、マカベ理化の平田は立ったまま紙袋からカタログを取り出した。電話帳のように分厚い。

「もちろん、ここに掲載されていない品物も、何なりとお申し付けください」平田はにこにこしながら言う。「海外の製品もどうにかして手配しますので」

「カタログはいらない。邪魔だし」宇賀神は平然と言い放つ。

「は？」平田の笑顔が凍りついた。「……ああ、左様ですか。ですよね、どこの業者も同じようなカタログを――」

「それより」宇賀神はスマートフォンの画面を平田に向けた。「ほんとにこの女だった？」

「はい？」平田は目を見開き、画面と宇賀神を見比べる。

女――？　圭も横からのぞき込んだ。桜井美冬の顔がアップで映っている。斜《なな》め横を向いているので、隠し撮りしたものかもしれない。

そういうことだったか――宇賀神の目的を理解すると同時に、これから我が身に降りかかるであろう災難に思わず身震いする。

「おたくがVEDY研究所で会った桜井というユニットリーダー。ほんとにこの顔だった？」

「桜井さん……ああ！」平田はやっと理解したらしい。「ええ、はい、この方ですが……」

「間違いない？」画面を平田の鼻先に突きつける。

「間違いありません。確かに桜井リーダーです」

宇賀神は舌打ちした。一縷《いちる》の望みまで打ち砕かれたかのように、力なく天井を仰《あお》ぐ。

「もしかして」平田が意味もなく声をひそめた。「宇賀神先生も蓮見先生のお仲間で？」

「冗談よし子さん」宇賀神は憮然《ぶぜん》として言う。「誰があんな辛気くさい連中と」

「では、いったいどういう……」

平田は戸惑って目を瞬かせるが、宇賀神は説明しようとしない。仕方なく助け舟を出した。

「仲間ってわけじゃないんですけど、桜井美冬さんのことは蓮見先生から聞いたんです。宇賀神先生は桜井さんと同窓で」

「あ、なるほど。それであの方のことを心配しておられるわけですか」平田は勝手に納得した。

「おたくが美冬と最初に会ったのは、いつのこと?」宇賀神が訊いた。

「今年の四月です。新しい部署の立ち上げに際してアメリカから招いた、新進気鋭の学者さんだと紹介を受けました」

「新しい部署ってのは、酵母機能研究ユニットのことか。何の研究をするところなんだ?」

「詳しいことは存じ上げませんが、酵母の遺伝子解析か何かをしているんじゃないでしょうか。真新しい次世代DNA《ディーエヌエー》シーケンサーが入ってましたから」

「次世代シーケンサー!?」驚いて口をはさんだ。遺伝子の塩基《えんき》配列を解析する装置だ。「何千万もする装置ですよ? 疑似科学の研究所になんでそんなものが要るんです?」

「なんでって、私に訊かれましても」

「科学に仕立てるためなら、それぐらいの投資はするさ」宇賀神が言った。「やつらは、ＶＥＤＹは立派な科学だと主張している。ＶＥＤＹの公式サイトを見てみろ。研究所の連中が発表した論文が、ずらずらとこれ見よがしにリストアップされている」

「疑似科学なのに、論文があるんですか」圭は訊いた。

「論文といっても、農業や環境に関する事例研究ばかりだ。ＶＥＤＹを畑にまいたら収穫が増えたとか、池に投入したら水質が改善されたとか。典型的な〝自社調べ〟で、第三者に検証されることもまずない」

「まさか先生、読んだんですか？」驚いて訊いた。

「読むわけないだろうが、そんな紙くず同然の論文。タイトルを見れば中身は見当がつく。念のため、ＶＥＤＹが働くメカニズムについて書かれたものがないか探してみたが、ただの一編もなかった」

「でも、どの論文も一応学術誌《ジャーナル》に掲載されたわけですよね？」

「聞いたことのないジャーナルばかりにな。大半は、最近問題になっているオープンアクセスジャーナルらしい」

一般に学術誌は、それを購入した研究機関や個人が支払う代金で経営されている。権威あるジャーナルは読者数も多いから、ほとんどこの形態だ。それに対して、オープンアクセスジャーナルは基本的にオンラインの雑誌で、誰でも記事を閲覧できる代わりに、その多くは論文を投稿した研究者が掲載料を支払うことで成り立っている。

ここ数年、そのオープンアクセスジャーナルが爆発的に増え、論文の質の低下が懸《け》念《ねん》されている。どのジャーナルもとにかく論文をかき集めようと必死で、査読――専門家による掲載の可否の審査――が甘くなっているからだ。

宇賀神は苦い顔で続ける。「形だけの査読は受けたのかもしれんが、ほとんどフリーパスみたいなもんだろう。東南アジアや中東のジャーナルもやたらと多い」

「なんでそんなところの？」

「共同研究者がいるようだ。そういう国々のジャーナルなら、簡単に載せてくれるしな。読者も少ないから、いい加減なことを書いてもバレない」

「でも、あそこの研究所の皆さんは、学会でも研究成果を発表してますよね？」今度は平田が訊いた。「研究所の廊下にそういう掲示物がたくさんあるんです。大勢の学者さんの前で発表するわけですから、ちゃんとした内容でないとまずいんじゃないでしょうか」

宇賀神は大きくかぶりを振る。「学会発表なんて、そんなご立派なものじゃない。山ほどある学会の中には、マニアのオフ会のようなところだってある。本職の研究者が集まる大きな学会でも、その気になれば誰でも発表できる」

「誰でも？」

「会費を払って学会員になり、発表したいことを投稿すればいい。内容の審査など無きに等しいから、体裁さえそれらしくなっていれば、まずはじかれない」

「そんないい加減なものなんですか」

「学会を仕切っているのはプロだから、そういう研究はひと目でわかる。だからといって、学会員の投稿を無下にもできない。苦肉の策として、アホな研究や胡散臭《うさんくさ》い発表ばかりを集めたセッションを設けている学会もある」

「まともな研究者たちにとっては、そこが休憩時間になるわけです」圭は付け加えた。

「へぇ……」平田は目を丸くしている。「私、二年前にこの会社に転職してきたもので、そんなことまったく知りませんでした。学会というと、もっと権威あるものかと」

「それが連中の狙いだよ。論文だの学会だのと言っておけば、ちゃんと科学的な裏付けがあるのだと一般人は信じ込む」

「なーるほどねえ。いや、勉強になります」

感心しきりの平田の横から、圭が言う。

「論文としてのレベルはさておき、ＶＥＤＹの効果を示した事例研究は一応たくさんあるわけじゃないですか。それを疑似科学だと断定してるってことは、蓮見先生たちにもそれだけの論拠があるんですよね？」

「知らん。彼らはいろいろ発信してるようだが、いちいち見てない」

「え、そこ一番大事なところでしょ」

「お前は俺をなめてるのか？」宇賀神がにらみつけてくる。「俺はプロだ。それも、メジャーで四番を打つぐらいの超一流だぞ。なんで俺様がわざわざそんなことをチェックしないといけないんだ」

「反論するまでもないってことですか」

「酵母をまいたぐらいで水がきれいになるか。病気が治るか。放射能が消えるか。アホらしい。何が万能酵母だ。寝ごとはうまいパンでも焼いてから言え」

「でも、バカバカしいってとりあわないでいると、ますます疑似科学がはびこるんじゃないですかね」

「ほう」宇賀神が口の端をゆがめる。「ずいぶんご立派じゃないか、町村君。私のラボなんか辞めて、蓮見さんに弟子入りしたらどうだ？　そうだ、今すぐ彼に電話してやろう」

スマートフォンに手を伸ばそうとする宇賀神を、慌てて押しとどめた。

「やめてください！　すみません、嘘です。興味もないのにきれいごと言いました」

「話を戻すぞ」宇賀神は冷たく言って、平田のほうに向き直る。「美冬の研究室での様子は、どうだった」

「様子ですか。いつも納品にうかがうだけなんで、詳しくお伝えできるほどのことはないんですが」平田は申し訳なさそうに後頭部をなでた。「桜井さんの下には四人のスタッフがいましてね。いつも彼らにてきぱき指示を出しておられましたよ。あの研究所の中でそういう緊張感のある研究室は、桜井さんのところだけでした」

「何か言葉を交わしたことは？」

「いや、私とはほんの挨拶程度で。おしゃべりな方ではないようにお見受けしましたが」

「美冬を最後に見たのは？」

「確か、八月末か九月の頭か。その後はずっと欠勤しているとうかがっていたのですが――」

「結局、そのまま退職したというんだな」

「ええ。それを聞いたのが、九月二十日頃ですかね。ちょうど私が納品でお邪魔している最中に、総務部長さんが新任の男性リーダーを研究室に連れてきたんです。突然のことに、スタッフのみなさんも面食らってましたよ。もちろん私も驚きました。桜井さんに何があったんだろうって。だって、最後にお見かけしたときは、いつもと変わらず熱心に顕微鏡《けんびきよう》をのぞいてらしたわけですからねえ」

「顕微鏡……」宇賀神がぼそりとつぶやいた。「あいつ、どんな顔してた」

「顔？」平田は目を瞬かせて訊き返す。

「顕微鏡をのぞいてたときの顔だよ」

なぜそんなことを訊ねるのか、圭にも解せない。訊いた宇賀神自身、不思議な表情を浮かべていた。不愉快そうに眉をひそめていながら、瞳にはかすかな怯《おび》えの色がある。

そんなことに気づくはずもない平田は、首をひねりながら答えた。

「まあ、何と言いますか……いわゆる真剣な表情ですか。いかにも切れ者らしい、鋭い目つきでこう……」

「――ふうん」宇賀神は気の抜けたような声で応じた。いつもの顔つきに戻っている。

「それがどうしたんです？」

圭の問いは無視して、宇賀神が平田に告げる。「ご苦労さん。もういいよ、来なくて」

「え？」平田が初めて表情を険しくした。「今後のお取り引きもなしってことですか？　そんな殺生な……」

「何か買ってほしいのか？　しょうがねーな。じゃあ、イエローチップを一袋」ピペットの先端に付ける消耗品で、せいぜい二、三千円の品だ。「圭、発注しとけ」

泣き顔の平田を尻目に、宇賀神は椅子を回して机に向かった。

平田が肩を落として帰っていくと、圭は宇賀神に言った。

「あの人を呼びつけたってことは、やっぱり桜井さんのことを調べるつもりなんですね」

「当たり前だろう」宇賀神はパソコンに目をやったまま答える。「あれから俺も、思い当たるすべての友人、知人に、美冬の居場所を知らないか訊いてみた。だが、居場所どころか、ここ一年、美冬と連絡が取れたという人間が一人も見つからない」

「ご家族もですか」

「あいつは富山出身でな。母親はがんで亡くなっていて、父親と妹が今も富山で暮らしている。実家に電話をかけてみたが、お父さんは、美冬はまだアメリカにいると思い込んでいた。妹さんも同じだ。去年の十月、妹さんの誕生日にアメリカからおめでとうと電話があって、それっきりだそうだ」

「心配じゃなかったんですかね」

「長い間音沙汰《おとさた》がないのは珍しくないらしい。美冬が上京してからはまめに連絡を取り合うこともなく、二、三年に一度顔を合わせる程度だったらしいからな」

「ドライな家族なんですね」

「もともと美冬は父親と折り合いが悪かった。妹との仲は悪くないが、べったりの姉妹ではない。性格が正反対なんだそうだ」

好きな女性のことだけあって、さすがに詳しい。美冬のほうでも、家族との関係を打ち明ける程度には、宇賀神に心を許していたのだろう。

「それにしても」圭は宇賀神の横顔に言った。「帰国したことを家族にも伝えないなんて、普通じゃないですよね。この一年の桜井さんの行動には、謎が多すぎる」

「一番の謎は――」

宇賀神が体ごとこちらを向いた。

「なぜ美冬がみすみす死を選んだのかということだ」

「死!?」悲鳴じみた声が出た。「死って何です？　まさか、もう――」

「勘違いするな。研究者としての死だ。VEDY研究所なんぞに入った時点で、あいつのキャリアには致命的な傷がついたことになる。履歴書に〈VEDY〉の四文字がある限り、学問の世界には二度と戻れない」

「でも、桜井さんがVEDYにいたのは、たった五ヵ月でしょ。何とかごまかせませんかね」

「一日でもダメだ」宇賀神は冷たく断じた。「この手の噂は必ず業界中に広まる。認識の程度に差はあるだろうが、ＶＥＤＹがいかがわしいということは、まともな研究者なら誰でも知っている。疑似科学やオカルトに親和性がある人物をわざわざ採用する大学や研究機関はない。一度そんなレッテルを貼られたら、ジ・エンドだ」

「桜井さん自身も、それをよくわかっていたはずだと――」

「当たり前だ。だからわけがわからんのだろうが」

「でも……」さっきから気になっていることがあって、おずおずと訊いた。「自らすすんで転職した可能性は、本当にないんでしょうか。例えば、多額の報酬を提示されたとか」

宇賀神が一瞬目をむいた。怒鳴られるかと思ったが、口は開かない。代わりに、ばかばかしいとばかりに鼻を鳴らした。

「だって、さっき平田さんも言ってたじゃないですか。桜井さんはすごく熱心に働いてたって。いつも真剣な顔で顕微鏡をのぞいてたって」

「だからだよ」

「は？」

「確かに美冬はいつも仏頂面《ぶっちょうづら》だ。だが、顕微鏡を見ているときだけは違う」その場面を思い起こしているのか、宇賀神が視線を上にやる。「何がそんなに面白いのか、接眼《せつがん》レンズをのぞき込んで常にニタニタ笑ってるんだ」

「あの美人がニタニタ？　想像できませんけど」

「気味悪いからやめろと一度注意したんだが、あいつは『何のこと？』と言った。ニタついているという自覚がないらしい」

言葉こそきついが、宇賀神の眼差《まなざ》しには、その出来事を慈《いつく》しむような温かさがあった。きっとそういうところも好きだったのだろう。

さっき平田に顕微鏡のことを訊ねたとき、なぜ宇賀神の目に怯えの色があったのか、やっとわかった。万が一美冬がVEDY研究所でも顕微鏡をのぞいてニタついていたら――と不安だったのだ。

宇賀神はこちらに視線を戻し、圭と自分に言い聞かせるように続ける。

「要するに、美冬はVEDYでの仕事を『研究』とは思っていなかったということだ。何かどうにもならない事情があって、VEDY研究所に入らざるを得なかったということだ。最終的に死を選ぶ決断をしたのは美冬自身かもしれない。だが、そうするしかない状況に美冬を追い込んだのは、VEDYだ」

圭は黙ってうなずいた。そう考えたいと圭も思った。

「だから」宇賀神は語調を強めた。「何としても美冬の行方をつきとめて、問いつめてやらなきゃならん」

「なぜこんな真似をしたのか、とですか」

「それだけじゃない。俺との勝負をどうするつもりか、とだ」

「勝負？」

「美冬は学生時代から、やたらと俺をライバル視していてな。でも正直、これまでの実績では勝負にならなかった。ところがだ」宇賀神が人差し指を立てる。「あいつがスタンフォードに渡ったばかりの頃――まだＶＥＤＹの影などなかった頃のことだ。珍しく長文のメールを送ってきた。そこには、美冬が最近考えついたという、ある遺伝子による寿命延長メカニズムについての新しいアイデアが書かれていた。俺はあいつの成長に驚き、感心した。そのアイデアは斬新で、俺が考えていたこととはまったく違う。初めてあいつが本当のライバルに思えたよ」

そんな重要なアイデアを、美冬は宇賀神に包み隠さず伝えたのだ。生き馬の目を抜くような昨今の研究業界では、同業者に手の内を明かすことなど考えられない。その一事だけで、二人の信頼関係の深さがわかる。研究者としてだけでなく、人間としての。

「俺たちは勝負することにした。美冬はそのアイデアにしたがって、俺は俺の考えで研究を進めていく。果たしてどちらが正しいか。うまくいった方は、将来のノーベル賞候補だ」

「それがまだ途中だというわけですね」

「途中どころか、始まってもいない。なのにあいつは、俺に断りもなく勝負を投げ出した。美冬のアイデアを検証するのは、美冬の仕事だ。俺が勝手にあとを引き受けるわけにはいかない。それじゃアイデア泥棒だ。だからといって、それを誰もやらないとなれば、科学界の大きな損失になる。美冬には落とし前をつけさせなきゃならん」

宇賀神の言葉がやけに厳しいのは、照れ隠しに違いないと思った。本心はたぶんもっと単純だ。愛する女性を厳しい境遇から救い出したい。その才能を認めた研究者を何とかして元のレールに戻してやりたい。その一心だろう。

宇賀神が視線を遠くにやった。その瞳に、どこかぞっとするような光が宿る。

「美冬をつかまえて事情を聞いたら、次はＶＥＤＹだ。俺はやつらを許さない。美冬の人生と、俺たちの勝負を台無しにした。疑似科学なんかはどうでもいいが、そのことだけは絶対に許せん」

「どうにかしてＶＥＤＹをつぶすってことですか」

宇賀神は「とにかく」とあごをなでた。

「まずは、美冬がＶＥＤＹ研究所に入った経緯だ。すべての鍵はそこにある」

「そうかもしれませんね」

「平田にイエローチップを注文するついでに、次はいつＶＥＤＹ研究所に行くか、訊いておけ」

「え、なんでそんなこと――」

「ちなみにお前、スーツの一着ぐらいは持ってるだろうな？」

嫌な予感は、最悪な形で現実となった。

＊

三月十四日
四日ぶり、二回目のブログです。こうしてパソコンに向かえるのも、深海酵母のおかげに他なりません。毎日朝と夜、粉末状のものをお水と一緒に飲むだけ。今まで試してきた代替療法と違ってお金もかからず、体への負担もありません。日々、深海酵母に感謝です。
一昨日、遠く離れて暮らす娘が、ブログを読んだといって電話をくれました。深海酵母のことはあまり信じていない様子でしたが、わたしのやる気をそいではいけないと思ったのか、頭ごなしに否定するようなことは言いませんでした。娘は理科系に進みましたので、その方面の知識は豊富です。それと同時に、昔からとても思慮深い娘でもあるのです。
さて、今回からは、がんと宣告されてからの出来事を順にお伝えしていこうと思います。

すべての始まりは、一昨年の春。五十も半ばになるのだからと主人に強く言われて受けた、生まれて初めての人間ドックでした。CT検査で肝臓に影が見つかり、その後の精密検査で肝臓内の胆管に腫瘍《しゅよう》があることがわかったのです。青天《せいてん》の霹靂《へきれき》とはまさにこのこと。自覚症状など何もなかったのですから。とにかくすぐ手術して腫瘍を切除する、悪性かどうかは手術の際に検査する、ということになりました。

当時は地元の大学病院にかかっておりました。まだ若い主治医はとにかく早口で難しい用語をまくしたてる方で、こちらが質問をさしはさむタイミングもない。しかも、説明の途中で何度も携帯電話が鳴り、その度に不機嫌な声で看護師さんに指示を出している。よほどお忙しいのかと思うと、説明が一から十までわからないなどと言えるものではありません。

結局わたしの腫瘍は悪性でしたが、手術ですべて取り切ることができました。再発の可能性もあると言われたものの、生来楽観的なわたしはすっかり安心していました。それがいけなかったのでしょうか。以前の生活を取り戻したのも束の間、去年の検査で、がんの再発がわかったのです。しかも、肺に転移しているというではありませんか。

さすがのわたしも言葉を失いました。診察室で主治医のお話を聞きながら、震えが止まらないのです。一緒に聞いていた主人が、震える腕を強くつかんでいてくれました。先生は淡々《たんたん》とおっしゃいました。「もう手術はできません。残る手だては抗がん剤ということになりますが、効果があるかどうかはわかりません」

　わかりません——そんなことでいいのかと愕然《がくぜん》としました。主人は「先生は医師として科学的に正しい言い方をしたんだよ」と言っていましたが、到底納得できるものではありません。科学や現代医療というのは冷たいものだ、非人間的なものだ、と痛感いたしました。

　楽観的な人間ほど、一度打ちのめされると脆《もろ》いもの。わたしは絶望し、ふさぎ込みました。それではいけないと必死になってくれたのは、やはり家族です。生ける屍《しかばね》のようになったわたしに、主人は辛抱強く「定年を迎えたら、日本中のローカル線をめぐる旅をする約束だったじゃないか」と言い続けました。娘も遠方から駆けつけてきて、「このまま孫の顔も見ないで死んじゃう気？　一人で勝手に投げ出さないで！」と叱ってくれました。

　家族の声に励まされること、一ヵ月。わたしはもう一度がんと闘ってみようと決めました。大きかったのは、やはり主人の存在です。家のことなど何もできない主人を一人残して逝《い》くなんて、してはいけないと思ったのです。

　しかし、ただ辛いだけで見込みのうすい抗がん剤治療に命を託《たく》す気にはなれません。何より、あの大学病院には二度と戻りたくありませんでした。

そんなとき、食卓に広げてあった新聞の広告が目に飛び込んできたのです。『がんサバイバーかく語りき　がん代替療法最前線』という本の広告です。

＊

薄緑色《うすみどり》のビルが二棟、畑の向こうに寄《よ》り添《そ》うように建っていた。

壁のてっぺんに掲げられた〈ＶＥＤＹ〉のロゴマークが、遠目にもよく見える。窓を数えてみると、右側が六階建てで、左は四階建て。目立つのはその高さよりも横幅だ。都内とは思えないほどのどかな風景の中では、巨大な建造物に見える。

八王子とはいえ、これだけの敷地に真新しいビルを二つも構えているのだ。ＶＥＤＹがただの疑似科学企業ではないということを、初めて肌で感じた。

営業車の運転席で、平田が言う。

「背が高いほうのビルが、ＶＥＤＹ振興機構。社員のみなさんは『本部棟』と呼んでます。で、となりがＶＥＤＹ研究所」

「社員寮もあるんですよね」圭は助手席から言った。

「ええ、ここからは見えませんが、敷地の奥に立派なのが。ここの他に、埼玉の工場、丸《まる》の内《うち》にもオフィスがあるそうですから、大したもんですよ」

車が正門に近づくと、詰所《つめしょ》から守衛が出てきた。平田は守衛に向かって軽く右手を上げただけで、そのまま中に入っていく。もう顔パスらしい。

ゆったりした駐車場に車を停めると、うしろの荷台から台車を下ろした。そこに段ボール箱を積みながら、平田が言う。

「台車は町村さんが押していったほうがいいかな」

「そうですね。新人らしく」

「くれぐれも勝手な行動はなさらないでくださいね。こんなことがバレたら、私、また転職活動しなきゃなりませんから」

平田は情けない声を出したが、甘い誘いに乗ったのだから仕方がない。圭をマカベ理化の新入社員と偽ってVEDY研究所にもぐり込ませてくれたら、研究室で使う消耗品は今後すべて平田から購入する――宇賀神はそうもちかけたのだ。平田は新規顧客が喉から手が出るほど欲しかったらしく、一分間と悩まずに取引に応じた。

圭はスーツの胸もとに手をやり、首から提げたカードケースを確かめた。入っているのはコピー機で偽造した社員証だ。マカベ理化に実在する若手社員の名前が書かれている。

台車を押して、研究所の建物へと向かう。自動ドアの前で平田がインターホンのボタンを押し、カメラに顔を近づけて言う。

「いつもお世話になっております、マカベ理化の平田でございます」

自動ドアが開いた。中に入ると、すぐ右手の受付カウンターから、守衛が「ご苦労さん」と小さな用紙を差し出す。

「おや、新人さん？」圭を見て言った。

「そうなんですよ」平田は用紙に社名などを書き入れながら、早口で答える。「研修で納品の手伝いをさせておりまして」

圭は守衛に軽く頭を下げた。怪しまれている様子はない。平田のあとについて、吹き抜けの玄関ホールへと進む。広々として、内装も洗練されている。大企業の研究所のような雰囲気《ふんいき》に、気後《きおく》れさえ感じる。

壁に大判のポスターが何枚も張り出されていた。写真と説明文からなる研究紹介ポスターだ。誰に向けたものかは不明だが、〈○○学会で発表！〉〈学術誌『○○』で発表！〉などという宣伝文句ばかりが目立つ。

エレベーターで二階に上がり、一つ目の納品先に向かう。廊下を見渡してみるが、社員の姿はない。しんと静まり返っていて、シビアな研究現場特有のピリピリした活気や慌《あわ》ただしさのようなものはまるで感じられなかった。

平田は〈土壌環境研究ユニット〉と書かれたドアの前で立ち止まり、声をひそめる。「VEDYを使った土壌改良の研究とか、肥料の開発をしている研究室だそうです」

平田が「納品でーす」と愛想よく言いながら先に入り、圭も台車とともにあとに続いた。かすかに湿った土の匂いを感じる。

近くの実験台にいた三人のスタッフが、いっせいにこちらを向いた。〈VEDY〉と刺繡《ししゅう》が入った白い上下の実験衣に身を包み、マスクをしている。一人がくぐもった声で「ご苦労さま」と言っただけで、皆すぐ作業に戻った。見慣れない顔があることには気づいてもいないようだ。

平田が納品書を確認しながら、商品を作業台に並べていく。それを手伝いながら、さりげなく部屋を見回した。実験室としてはかなり広い。奥にはもう五、六人スタッフがいて、ラテックスの手袋をはめた手でシャーレの土をいじっていた。

中央に大きな実験台が三つ据《す》えられていて、その周りに実験機器が並んでいる。クリーンベンチ、大型インキュベーター、正立《せいりつ》型顕微鏡、コロニーカウンターなどが見えるので、微生物の検査ぐらいはできるだろう。驚いたのは、どれも一流メーカーの最高級モデルだということだ。これだけの装置をそろえて、疑似科学商品の開発とは
――ため息がもれる。

ひと際《きわ》目を引いたのが、壁際に天井まで積み上げられた大量の段ボール箱だ。すべ

て同じ箱で、側面に大きく〈VEDY－Ω〉と印字されている。

VEDY－Ωについては予習済みだった。最初に製品化された、VEDYの代名詞的な商品だ。瓶《びん》詰めにされた茶色い液体で、数種類の深海酵母が高濃度で入っているという。いわば、VEDYそのものだ。公式サイトでも、商品紹介のページは大半がVEDY－Ωの効能と開発秘話で占められていた。

納品を終え、次の研究室、〈予防医学研究ユニット〉へと移動する。平田はそのドアを指差し、「正直、私には自然食品の開発をしているようにしか見えませんがね」とささやいた。中に入ると、部屋のつくりもスタッフのいでたちも、さっきとほぼ同じだった。

手前には、純水装置やpHメーターなど、どこの実験室にもあるような機器が並んでいる。奥にはガスコンロがあって、キッチン用品がそろっていた。平田が言ったのはこのことだろう。今も一人の研究員が、火にかけた鍋をヘラで掻《か》き混ぜている。そして、やはり壁一面に大量のVEDY－Ωが積まれていた。

ここでもスタッフとの接触はほとんどないまま、部屋をあとにした。三階に向かうエレベーターの中で、平田が言う。

「次が最後です。桜井さんがユニットリーダーをつとめていた研究室ですよ」

「なんか、緊張してきました」

「だったらじっとしていてください。何かしでかされたら困ります」

そのドアのプレートには、確かに〈酵母機能研究ユニット〉とあった。足を踏み入れるなり、思わず「おお」と声が漏れる。ここへ来て初めて目にする、分子生物学系の実験室らしい部屋だった。PCR《ピーシーアール》装置があり、電気泳動《えいどう》システムがあり、核酸《かくさん》抽出装置があり、高速冷却遠心機がある。主にも馴染み深い装置ばかりだ。

スタッフの姿は一人しか見えない。流し台でガラス器具を洗っているのだが、正しく指導を受けたとは思えない雑な洗い方だ。そのスタッフが手を止めて振り返り、「どうもー」と能天気な声を出した。中年の女性だ。

部屋の奥から人の声が漏れ聞こえてきた。見れば、壁で仕切られた小部屋がある。準備室か分析室にでもなっているのだろう。

平田が台車から荷物を下ろし始めると、その小部屋の扉が開いた。まだ三十歳前後にしか見えない若い男が顔をのぞかせ、きつい口調で平田に言う。

「ねえ、ちょっといい？」

「は！　何でしょう？」平田がしゃちほこばって答える。

「こないだ持ってきてもらったマイクロプレート、頼んだものと違ったんだけど」

「ええっ!?」平田は慌ててそちらに駆け寄った。小部屋に入り込み、そこにいる三人のスタッフと商品の確認を始める。

取り残された圭が残りの商品を並べていると、洗い物をしていた中年女性が近づいてきた。

「あらイケメン」マスクを下ろして言う。「新人さん？」

「はい、研修中です」

「そうなんだ。うちの担当になればいいのに」

ははは、と作り笑いを浮かべつつ、話の糸口を求めて視線を左右にやる。右手の壁際に、真新しい装置が鎮座していた。平田が言っていた、次世代ＤＮＡシーケンサーだ。

「いいシーケンサーですね」それを指差して言った。「最新のやつだ」

「ああ、あれね」女は興味なげに応じる。「お高い機械なんだってね。誰も使ってないけど」

「え!? そんな、もったいない。なんで使わないんですか？」

「前は使ってたのよ。前任のリーダーが」女は小部屋のほうを見やり、声を低くする。「でも、今のリーダーが来てからは、全然。使い方がわかんないみたいなの」

「リーダーって、もしかしてさっきの――？」

「そう。一応そういう勉強をしてきて、大学院まで出た人らしいんだけど、研究者としてはどうなんだか。一人前なのは人をこき使う態度だけ」

訊いてもいないことがどんどん出てくる。このチャンスを逃すわけにはいかない。

「他のスタッフの方々は？」

「三人とも理系の大学だか専門学校だかは出てるけど、自分の力で研究なんかやれないわよ。誰かの指示がないとね」

「あなたは？」

「あたし？　あたしは実験補助。パートよ、パート」

「なるほど、そうでしたか」それならあの雑な器具の洗い方にも納得がいく。

「うん。ここへパートに来てる近所の主婦、結構いるのよ」

「へえ」と答えながら、小部屋の様子をうかがう。誰かが出てくる前に、本題に移ったほうがいい。「そう言えば、平田さんから聞いたんですけど、前のリーダーはすごい美人だったそうですね」

「そう」女はうなずいた。「スラッとした美人なのに、独身で彼氏もいないみたいだった。いつも難しい顔して可愛げがないから、男に敬遠されるのよね。それにほら、仕事だけは抜群にできるし」

「アメリカで研究していたところを、ヘッドハンティングされたとか」

「それはよくわかんないけど、彼女のためにこんな立派な実験室を用意したんだから、鍵山《かぎやま》所長の肝《きも》いりで迎えられたことは確かかね」

「鍵山所長って？」

「何言ってんの、ここの所長じゃない」女は圭の二の腕を叩いた。「ＶＥＤＹグループのナンバー2。でも、今や実質的にはグループのドンね」

「あれ？　トップは海老沼会長でしょ」昨夜見た公式サイトにも、ＶＥＤＹ振興機構の会長として、海老沼の顔写真と経営理念が載っていた。

「海老沼会長ねえ」女は訳知り顔で腕組みをした。「ここ二年ほど、まったく表に出てこないのよね。それまでは定期的にグループの子会社や団体を回ってたんだけど。お殿様の巡回みたいに。今はそれを鍵山所長がやってるわ」

「何があったんでしょうか」

「実はね」女は圭の耳もとに口を寄せた。「海老沼会長には重病説があんの。だから、桜井リーダーは後継者としてアメリカから呼ばれたんじゃないかって噂もあった」

「後継者って、ＶＥＤＹグループ全体のですか」

「そう。だって彼女、海老沼会長の教え子だもん。学生時代から相当目をかけられてたっていうし」

「でも、突然辞めちゃったと聞いてますが」

「それよ」女は眉根を寄せた。「それこそ、何があったのって感じ。別に仲良しこよしでやってたわけじゃないけどさ、半年近く一緒に働いたわけじゃない。挨拶ぐらいしていってもバチは当たらないわよねえ。鍵山所長はよっぽど腹を立てたのか、桜井のさの字も口にしないっていうし、新しいリーダーはあんなだし。このユニットは近々つぶされるって噂も――」

そのとき、平田が小部屋から飛び出してきた。額《ひたい》の汗をぬぐいながら、小走りでやってくる。

「ほら、急いで会社に戻りますよ」台車のハンドルをつかみ、出入り口へ向かう。

「どうしたんです？」

「マイクロプレートを取りに行かないと。正しい品番の商品が、社の倉庫にあるみたいなんです。研修はもうおしまい！」

＊

寝起きのぼんやりした頭のまま階段を下りると、優斗《ゆうと》が駆け寄ってきた。

「遅い！　もう九時過ぎてるよ」太ももにしがみついて言う。

「昨日も終電だったんだよ。実験の後片付けが長引いて」

まとわりつくいとこを押しのけ、ダイニングに向かう。母が洗濯機を回す音が聞こえる。冷蔵庫を開け、トマトジュースをグラスに注ぐ。それをひと息に飲み干して、ふと思った。

「あれ？　今日金曜じゃん。学校は？」

「休み。創立記念日」

三駅離れた町に住む叔母——母の妹だ——は百貨店に勤めていて、土日はよく優斗を母に預けて仕事に行く。小学三年の優斗にとっては、ここがもう一つの家のようなものだ。

「圭ちゃん、ゲームやろう」優斗がリビングのほうへ引っ張っていこうとする。

「やらない。休みなのはお前だけだよ」すぐに大学へ行って、昨日のことを宇賀神に報告しなければならない。

優斗の右手を引きはがそうとしたとき、ひじにまだ生々しい傷があることに気がついた。見れば、右ひざにも大きな絆創膏《ばんそうこう》を貼っている。

「どうしたんだよ、これ」右腕をつかんで訊いた。

「多摩《たま》川《がわ》でこけてすりむいた」

優斗が誇らしげに言うと、洗濯かごを抱えた母がダイニングに入ってきた。

「一昨日、小学校で近くの河川敷まで行ったらしいの。ほら、総合学習みたいな授業あるじゃない」

「かんきょうの授業だよ。多摩川にこうぼのボール投げたんだ」

「酵母のボール？」

「うん。VEDYボール」下唇を噛んで「ヴェ」と発音した。優斗は五歳から英語を習っている。

「VEDY？」あまりの偶然に耳を疑った。「V・E・D・YのVEDYか？」

「こうぼの粉にお水入れて、こねて、だんごにするんだよ」

やっぱりそうだ。「VEDYパウダー」という商品に違いない。

優斗は小鼻をふくらませて続ける。「一人十個作って、みんなで多摩川に投げた。めっちゃ助走つけて、めっちゃ遠くまで投げようとしたら、こけた」

「川の水がきれいになるって言われたのか」

「うん。VEDYボールのおかげで魚が増えた川が、いっぱいあるんだって」

額面どおりにはもちろん受け取れない話だが、優斗にそんなことは言えない。それよりも、本当にこんな身近なところにまでVEDYが広まっていることに、心底驚いていた。蓮見が言っていたことは、決して大げさではなかったのだ。

「優斗の学校で、二、三年前からやってるみたい」母が言う。「校長だか教頭だかが熱心らしくて」

「校長先生だよ。だって、一緒に多摩川まで来て、一緒に投げたもん」

「環境保護団体みたいなところからボランティアで人が来て、やり方を教えてくれるんだって。最近は小学校でもいろんなことやらせるのよねえ」

母は半ばあきれたように、半ば感心したように言った。

「鍵山ねえ」

宇賀神はパソコンの画面をスクロールしながら言った。見ているのはVEDYグループの公式サイトだ。

「実験補助のおばさんの話が本当なら、桜井さん失踪の鍵を握っているのは、海老沼会長ではなく、ナンバー2の鍵山所長だということになりますよね」

「どういうことだ」

「例えばですね、鍵山所長は桜井さんを海老沼会長の後継者にまつりあげようと目論《もくろ》んだ。若い女性研究者をトップに据えてグループのイメージアップをはかろうとしたのかもしれないし、傀儡《かいらい》にしやすいと踏んだだけかもしれない。とにかく、鍵山は桜井さんを半ば騙すようにして研究所に引き入れた。でも、桜井さんはそこで疑似科学商品の開発がおこなわれていることに気づき、怒って出ていった」

「五ヵ月働いてから気づいたのか？」

「――ですよね」やや無理があることは圭にもわかっていた。「じゃあ、こういうのは？　グループには海老沼派と鍵山派による派閥《はばつ》争いがあった。桜井さんの研究所入りにあたって裏で動いたのは、海老沼派。いずれ親分の後継者として担ぐためです。何も知らない鍵山は、当初桜井さんを歓迎していた。でも、しばらくして敵方のたくらみを知り、慌てて彼女をクビにした」

「お前、意外と想像力がたくましいな。小説家にでもなったらどうだ」宇賀神は画面を見たまま言った。「だいたい、海老沼教授が重病だというのも、美冬をその後継者にというのも、パートのおばちゃんたちの噂話だろうが」

「それはそうかもしれませんけど」

「お！」宇賀神がマウスを動かす手を止めた。「あったぞ、鍵山直之《なおゆき》。けっ、下品な顔してやがる」

圭もうしろから画面をのぞき込んだ。役員紹介のページに、顔写真と肩書きが載っている。

六十代ぐらいだろうか。面長で、薄い黒髪をオールバックにしている。小さな目と、その下の大きなたるみが目を引いた。笑顔で写ろうとしているようだが、口角は下がったままだ。下品というより、抜け目のなさそうな顔に見えた。

宇賀神が肩書きを読み上げる。

「代表取締役、ＶＥＤＹ研究所所長、ＰｈＤ《ピーエイチディー》（環境微生物学）」

「すごい、海外で学位をとったんですね」

PhDとは、アメリカやイギリスなど英語圏の大学で授与される博士号のことだ。

「それのどこがすごいんだ。うちの学科にもPhDを持っている教員が何人かいるが、そろって無能だぞ。准教授の西川《にしかわ》とか、内村《うちむら》教授とか」

「それ、反証になってませんよ。先生はいつも学科の先生たち全員を無能呼ばわりしてるじゃないですか」

宇賀神は聞こえないふりをして続きを読む。「所属学会は、日本環境微生物学会、日本土壌バイオテクノロジー学会。知らんな、こんな学会」

「生化学会とか分子生物学会には入ってないんですか」その二つが生命科学分野で最大の学会だ。まともな研究者であれば、普通は少なくともどちらかには所属している。

「ふっ、おまけに日本波動医学振興会とかいうところの理事だとよ。ケッサクだな」

「波動医学？　それって、疑似科学的『波動』ですよね？」

蓮見の研究室で「波動」という言葉を聞いたあと、気になって調べてみた。疑似科学界隈で頻繁《ひんぱん》に使われる「波動」は、物理学における「波動」とは意味合いが違う。言わば、あらゆる物質が発している霊気やオーラのようなものだ。現代物理学でも正体が解明されていない未知のエネルギーということらしい。

マウスをわずかに動かした宇賀神が、「ん？」と画面に目を近づけた。鍵山のすぐ上にある顔写真を凝視している。「これ、海老沼教授か？　ずいぶんやせたな」

彫《ほ》りの深い四角い顔に、銀縁の眼鏡をかけている。髪は真っ白だが、まだ豊かだ。確かに、頬《ほお》はこけている気がした。

「この人のこと、よくご存じなんですか」

「院生のときに、どこかの研究集会で美冬に紹介してもらったことがある。そのときの記憶では、顔がもっとふっくらしていた」

「ほらやっぱり。この写真を撮ったときには、もう体を壊してたんですよ」

宇賀神はまた圭を無視して、海老沼の肩書きに目をやる。「代表取締役会長、北陸理科大学名誉教授、理学博士（応用微生物学）。定年直前はVEDYなんぞに入れこんだのに、名誉教授になれたんだな」

サイト内を移動し始めた宇賀神が、商品情報のページに目を留めた。

「VEDY研究所では、どのラボにも大量のVEDY‐Ωがストックされていたと言ったな？」

「ええ、天井まで積まれてました」

「美冬がいたというラボにもあったか」

「え？　あ、そういえば……」酵母機能研究ユニットの室内を思い浮かべる。「なかった気がしますね」

「だろうな」宇賀神は唇の端を片方だけ上げた。「やはり、その研究ユニットはミミックだ」

「ミミックって……擬態？」

擬態とは、生き物が別の物に体を似せたり、化けたりすることをいう。コノハチョウやナナフシが木の葉や枝そっくりの体で敵を欺《あざむ》くのがそうだ。

「ペッカム型擬態だな。科学というミミックで客をおびき寄せると同時に、批判者からの攻撃をかわす。大事なのは、後者の役割だ」

「どういう意味ですか」

「他のラボ――土壌環境研究ユニットだの、予防医学研究ユニットだのは、研究なんかしちゃいない。平田が言うように、ただの商品開発部だ。VEDY-Ωを別の形の製品に作りかえるための部署に過ぎん」

「ああ、粉末とか飲料とか錠剤とか」

「そうだ。どの製品も、VEDY-Ωが唯一無二の原料で、その中身を研究員たちがどうこうすることは絶対にない」

「なんで言い切れるんです？」

「決まってるだろ。アンタッチャブルだからだ」

「そんな無茶な。研究所の意味がないじゃないですか」

「いいか、圭」宇賀神が両手を広げる。「ＶＥＤＹは万能酵母なんだぞ？　万能なものに、なんで手を加える必要がある？」

「まあ、確かに」

「ＶＥＤＹ－Ωの製造レシピは、ごく限られた上層部の人間しか知らないのだろう。下々の者は、それをありがたく使わせてもらうだけだ。中身をあれこれ調べることは許されない。その効能を疑うなんてもってのほかだ」

「ほんとに宗教と一緒ですね」

「もちろん、少しでも科学の素養のある人間なら、そんなことで納得しない。疑似科学批判者ならなおさらだ。だから連中は、ホンモノの研究も少しだけやらせておくことにした。ＶＥＤＹとはまったく関係のないところで」

「それが、酵母機能研究ユニットを作った目的ですか」

「そうだ。テキトーな海洋酵母の研究をテキトーにやって、テキトーに論文にする。研究としての価値は二の次だ。ちゃんと科学をやっているという擬態になりさえすればいい」

「なるほど」圭は短く息をついた。「それなら納得できます。なぜあのラボにだけＶＥＤＹ－Ωがなく、ＰＣＲやシーケンサーがあったのか」

「経緯はともかく、美冬はそのために雇われていた。騙されたのか脅《おど》されたのか弱みにつけ込まれたのかわからんが、やりたくもない、つまらん研究をそこでやらされていたわけだ」

「疑似科学商品の開発に手を染めていなかったことが、せめてもの救いですね」

「いずれにせよ、愚《ぐ》にもつかん仕事だ。そんなことのために、キャリアを棒に振るとは――」宇賀神は苦々《にがにが》しげにその先を飲み込んだ。

「桜井さんはそれに我慢できなくなって出て行ったんでしょうかね。でも、簡単に辞められるぐらいなら、最初から入社したりしないだろうし……」

宇賀神は「とにかくだ」と話を本筋に戻した。

「そのラボのスタッフが美冬のことを何も知らないのなら、海老沼教授か鍵山に接触するしかない。俺は海老沼教授の所在を探ってみる。お前は鍵山のほうをあたれ」

「あたれって……面会でも求めるんですか？」

「正攻法ではだめだろうな。美冬の名前を出した時点でシャットアウトだ」

「じゃあどうやって――」

「鍵山は海老沼教授に代わってグループの関連団体を巡回してるんだろ？　どこかの団体にもぐり込んでいれば、そのうち会えるってことだ」

「どこの団体に？」

「お前はほんとに質問が多いな。それぐらい自分で判断しろ」宇賀神はうんざりしたように話を打ち切ると、パソコンに向かった。

そうは言うが、研究室の雑務で圭が宇賀神の意に沿わないことをすると、「勝手に判断するな」と怒るのだ。恨みをこめてスーツの背中をにらんでいると、ふとあることを思い出した。

「そう言えば、今朝ＶＥＤＹボールの話を聞いたんです。いとこが通っている小学校で、多摩川にＶＥＤＹボールを投げるイベントをやったって。すごい偶然だと思いません？」

「大した偶然じゃない。都内の小学校で流行ってるらしいからな」宇賀神はキーボードを叩きながら応じる。

「まったく、先生たちは何を考えてるんでしょうね」

「小学校教師の科学リテラシーに何を期待しているんだ。理数系が苦手で教育学部へ進んだという人間も多いだろうが」冷たく言い放った。「で、それがどうした」

「そのイベントに、環境保護団体のスタッフがやり方を教えに来たらしいんです。ＶＥＤＹの関連団体かもしれないなと思って」

「いいじゃないか。今度はそこへもぐり込め」宇賀神はこちらを見もせずに言った。

II

三月十七日

その本には、代替療法でがんを克服した方々の体験談が書かれていました。世の中には、現代医学によらない医療がこんなにある。目が覚《さ》めるような思いがしたわたしは、街中の書店を回ってがん代替療法の本をあるだけ買いこみ、寝食を忘れて読みふけりました。

そして、理解したのです。数多《あまた》ある代替療法は、どのがん患者にも効果があるわけではない。大切なのは、自分のがんに適した療法にめぐり合えるかどうかなのだ、と。その日から、わたしの運命の療法を探す旅が始まったのです。

まず、自分の病が本当にがんなのかというところから始めるべきだと思いました。ある高名なお医者さまによれば、がんとされている腫瘍の中には、放置しても命に別状のない「がんもどき」というものが相当数あるらしいのです。

それを調べるのに有効とされるのが、「オーリングテスト」。そう遠くない町の漢方薬局でテストが受けられると知り、すぐに出向きました。作務衣《さむえ》姿の店主がおっしゃるには、料金は一回二万五千円。命にかかわることと思えば、安いものです。

テストは拍子抜けするほど簡単。まず、助手の女性が右手の親指と人差し指で輪っかをつくり（O形の輪っかだから「オーリング」だそうです）、空いた左手で被験者の体の調べたい部分に触れる。そこで店主が、助手がつくった輪っかを両手で開きます。その部分に病変があった場合、輪っかは簡単に開く。健康な場合は、なかなか開かない。つまり、指の抵抗力をみているのです。原理としては、臓器が出す波動が指の力と共鳴する、とのことでした。

わたしは、みぞおちと右胸でテストを受けました。店主は助手の指の開き具合を何度も確かめ、自信たっぷりに言いました。「確かに、胆管と肺に腫瘍があります。ですが、どちらも良性ですね」

わたしは舞い上がり、何度もお礼を言って薬局をあとにしました。しかし、帰りの電車ですぐ不安になったのです。テストをおこなう人によって、結果に違いがあるかもしれない。念のため、別のところでもう一度テストを受けてみようと思いました。

あれこれ調べて見つけたのは、となりの県の鍼灸院《しんきゅう》。院長がオーリングテストの達人で、全国から患者が集まってくるという評判でした。訪ねてみると、なるほど待合室の外まで人があふれています。

診療室に入ると、院長先生はきちんと白衣をお召しになっていて、一見すると大病院のお医者さまのよう。五分ほどでテストを終えると、院長はあっさり言いました。

「悪性だね。もう手術は無理だと思うけど、私の鍼《はり》ならまだ見込みがある」

ショックでしたが、三割ぐらいは予期していたことです。取り乱すこともなく、その場で治療をお願いしました。ですが、鍼の予約は半年先までいっぱいとのこと。とりあえず予約を入れ、とぼとぼと帰路につきました。

ともあれ、それで覚悟は決まりました。本格的に代替療法に取り組むという覚悟です。

*

このところ、考えたくもない疑似科学のことが頭から離れない。

疑似科学がはびこるのは、よくない。当然だ。だが、騙されるほうにも非があるのではないか――それが圭の本音だった。嘘やインチキはいつの世も巷にあふれている。疑似科学とてそのバリエーションの一つに過ぎない。たとえそれが詐欺《さぎ》的に使われたとしても、まだ害のない部類に入るだろうとさえ思っていた。

実際、VEDY研究所の内情を目の当たりにしても、怒りがこみ上げるようなことはなかった。想像していたよりも大がかりに疑似科学が仕掛けられている事実に、呆れにも似た驚きを抱いただけだ。

宇賀神はＶＥＤＹに対して強い憤《いきどお》りを感じている。だがそれは、最愛の女性であり、ライバルでもある桜井美冬を研究者としての死に至らしめたことへの怒りであって、疑似科学を憎む心によるものではない。

それだけに、再び蓮見研究室を訪ねる足取りは重かった。彼らの活動に賛同しているわけでもないのに、利用だけしているような気がどうしてもしてしまう。だが、蓮見に助言を求めるしか方法がなかった。

前もって連絡しておいたので、部屋の扉を叩くとすぐに羽鳥が招き入れてくれた。

羽鳥は今日も長袖Ｔシャツを着ているが、柄が違う。〈疑いのあるところ、つねに自由がある〉と大きくプリントされている。誰の言葉かと訊ねると、相変わらずの無愛想な顔で「ラテン語の格言だよ」と教えてくれた。

前回同様ついたての向こうから現れた蓮見は、圭の姿を見るなり、「今日は一人かね」と怪訝《けげん》な顔をした。

「はい、というか——」圭は上目づかいに答える。「僕がここへ来たってこと、どうか宇賀神先生には……」

理由はわからないが、宇賀神は疑似科学批判を繰り広げている活動家たちのことをよく思っていない。勝手に蓮見のもとを訪ねたことがバレたりしたら、何を言われるかわからない。

そんな気持ちを察したのか、蓮見はじっと圭を見つめたまま「まあいい」と言うと、手ぶりでソファを勧めてくれた。

「我々に訊きたいことがあるとのことだったが」向かいに座った蓮見がうながした。

「ええ、そうなんです。実は――」

圭は、ここ数日の出来事をこと細かに話して聞かせた。その間、蓮見はひと言も口をはさむことなく、ゆっくりあごひげをしごいていた。羽鳥も自分の席で静かに耳を傾けている。

「――そんなわけで、小学校のＶＥＤＹボール投げに協力している環境保護団体について、情報がほしいんです。何かご存じではないでしょうか」

「可能性のある団体はいくつか思い当たるが――」蓮見はそう言って羽鳥に目を向けた。「どうだね？」

「そっち方面なら、田所《たどころ》さんに訊くのが手っ取り早いでしょうね」

羽鳥の答えに、蓮見も「だろうな」と同意する。

「田所さんというのは？」圭は羽鳥に訊いた。

「城西《じょうさい》教育大学の准教授。理科教育の専門家だよ」

「その方も疑似科学問題に取り組んでいるということでしょうか」

「うん。VEDYみたいに、教育現場に入り込んだニセ科学をウォッチしてる」

「我々の仲間の一人だ」蓮見がうなずいて付け加える。「気さくな男だから、一度訪ねてみなさい。羽鳥君に紹介してもらうといい」

羽鳥は短く息をつき、面倒くさそうに「まあ、いいすけど」と肩をすくめた。

蓮見が主に視線を戻し、わずかに口もとを緩める。

「それにしても、VEDY研究所に潜入とは、貴重な経験をしたものだな」

「そうなんですか。玄関ホールに研究紹介ポスターがたくさん貼ってあったので、外部の人間が入ることもあるのかなと」

「聞いたところによると、見学を受け入れているようだ。だが、案内されるのはお決まりの見学コースだけで、普段の中の様子を見た人はほとんどいないだろう。それに、誰でも見学できるわけではない。対象は、VEDYの製品を使っている、あるいは導入を検討している、企業、各種NPO、農協関係者などだ」

「お得意様のみ歓迎ってことですか」

「役人や政治家が訪れることもあると聞いている」

「え？　なんでまた」

「さっきの話のように、VEDYボールで川を浄化しようとか、VEDYパウダーで放射性物質の除染をしようとかいう善意の市民団体は全国にたくさんあってね。地域によっては、自治体がその事業に補助金を出している」

「ほんとですか？　そんなのに税金使うなんて、ひどい話だな」

すると、羽鳥が席からやってきて、綴《と》じた書類をテーブルに置いた。表紙に〈深海酵母活用推進議員連盟　設立趣意書〉と書かれている。

「深海酵母って、ＶＥＤＹのことですよね？　議員というのは、国会議員？」

「そうだ」蓮見がうなずく。「ＶＥＤＹをさらに広めようという超党派の議連だよ」

「通称『ＶＥＤＹ議連』」羽鳥が横から忌々しげに言う。「都議会や県議会の議員も含めて、もう五十人近く集まってるらしい。終わってるよ、この国は」

さすがに寒気を覚えた。ＶＥＤＹは産学官民を巻き込んだ巨大なビジネスであり、シンボルでもある――蓮見の言葉の意味がやっとわかった気がした。

「ほんとに不思議なんですけど」蓮見と羽鳥の顔を見比べながら、あらためて訊く。

「教師から政治家まで、どうしてみんなこうも簡単にだまされるんでしょうか」

「おそらく、理由はおもに二つある」蓮見が言った。「一つは、『深海酵母』という言葉の響き、いわばイメージだ。化学物質や人工物は悪で、自然由来や天然は善だという根拠のない思い込みは、いまだに根強い。汚染された環境や体を神秘の微生物が浄化するという説明は、人々の腑《ふ》に落ちやすいのだろう。我々は、知識の乏《とぼ》しい事がらについて、イメージや固定観念だけで判断しがちだ。君にだって覚えはあるだろう？」

「まあ、確かに」

「実際は、浄化どころかＶＥＤＹ自体が環境を破壊してる」羽鳥が口をはさむ。「あいつら、その川や池の生態系を無視してＶＥＤＹボールをばんばん投げ込ませてるからな。有機物を大量に投入したりしたら、それが汚濁源《おだくげん》になって、かえって水質が悪化するっつーの。外来微生物を入れることにもなるし、いいことなんて一つもない」

「言われてみれば、その通りですよね」

「もう一つの理由は——」蓮見が人差し指を立てる。「金儲《かねもう》けの匂いをうまく消し、人々の善意を巧《たく》みに利用しているということだ。連中は、ターゲットを絞って商品を無償で提供しているのだよ」

「学校とかにですか」

「教育現場もそうだ。他には、農作物や家畜に疫病《えきびょう》が出た地域、放射能汚染に苦しんでいる地域などだな。提供を受けた人々はＶＥＤＹのシンパとなり、善意の普及者になってしまう」

「純粋まっすぐクンほどのめり込みやすい」羽鳥が付け足した。「無知で信念だけある連中ほど厄介《やっかい》なのはいねーよ」

「——なるほど」圭はうなるように言った。

つまり、VEDYは疑似科学として目のつけどころがよく、普及の戦略もよく練られているということか。それはよくわかったが、まだ大きな疑問が残っている。それは、数多あるインチキ商法の中で、VEDYはそこまで悪質だろうか、ということだ。蓮見たちの中にある怒りに、圭はまだ共感できないでいた。

「でも……」意を決し、おずおずとまた口を開く。「環境保護と言われている活動の中には、ほとんど自己満足みたいなのも多いですよね。それに、まったく効果が期待できそうにない健康食品だって、数えきれないほど出回ってますし。なんで先生方がVEDYをとくに槍玉にあげるのか、正直よくわからないんですが……」

蓮見は無言で虎目石の目を向けてくるだけだ。圭は問いかけを続ける。

「やっぱり、VEDYが規模の大きい疑似科学だからでしょうか」

「無論、それもある」蓮見が言った。「だが、そこが本質ではない」

「じゃあ、一体——」

言い終えないうちに、勢いよく部屋の扉が開いた。

「お疲れさまでーす」と言いながら、ショートカットの小柄な女性が入ってくる。年齢不詳なところがあるが、二十代ということはない。肩紐の擦り切れた大きなバッグは、見た目にわかるほど重そうだ。

「ん？」女性は主に気づいて眼鏡を上げた。「こんなハンサムな子、いたっけ？」

「うちの学生じゃないすよ。慶成大」羽鳥が言った。

「ああ、お客さんね。ふーん、慶成ボーイか」

女性は勝手に納得して、腕時計を羽鳥に向けた。

「支度《したく》できてる？　すぐ出ないと間に合わないよ」

羽鳥が席に戻って外出の準備を始めると、蓮見が主に言った。

「彼女は朝倉《あさくら》さんといってね。科学ジャーナリストだ。我々の仲間でもある」

「ということは、やっぱり疑似科学の――」こちらを向いた朝倉と、会釈を交わす。

「町村君」蓮見が何か思いついたように目を見開いた。「今日、これから時間はあるかね」

「え？　ええ、まあ」幸い、宇賀神は京都に出張中で、明後日の夕方までいない。

「だったら、二人についていくといい。さっきの君の質問の答えが、わかるかもしれん」

電車に乗り込むと、朝倉が言った。

「わたしはね、〝水商売〟が得意分野なの」

「水商売？」思わず周りの乗客の表情を確かめてしまった。

「水ビジネスのこと。ナンタラ水とかカンタラ水とか、いろいろあるでしょ」

「ああ、水素水とか」

「あれはまだ微妙なところだけどね。もっとあからさまなニセ科学商品が山ほど売れてるから、そういうのをターゲットにしてる」

朝倉はフリーのジャーナリストで、インターネットの媒体を中心に科学記事を書いているそうだ。その大半は疑似科学問題と科学界の不正に関するもので、蓮見とは数年前からいろんな案件で共闘しているらしい。

つり革につかまった羽鳥が、からかいまじりに言う。

「化学科で博士号までとったのに、新聞社に入って科学部の記者になった。おとなしく『研究室探訪』みたいなぬるい記事を書いてりゃよかったものを、水商売とか論文捏造《ねつぞう》とか、ヘビーな糾弾記事ばっかり書きたがって、クビになった」

「クビじゃないわよ」朝倉が羽鳥をこづく。「デスクに煙《けむ》たがられてたのは否定しないけど。お前は科学部向きじゃないって異動させられたから、辞めてやったの」

今三人で向かっているのは、足立《あだち》区にある会社だ。やはり水ビジネスをやっているという。

主力商品は「n《エヌ》ウォーター」なる飲料水。羽鳥が公式サイトを見せてくれたが、〈最先端ナノテクノロジーで世界最小レベルの水分子クラスターを実現！〉〈活性化された水分子が三十七兆の細胞の固有振動数と共鳴し、生体エネルギーを最大化!〉などと、疑似科学業界でお馴染みのワードが派手に躍っていた。

そして、蓮見と朝倉は今、この会社に訴えられそうになっている。先月、二人に宛てて内容証明郵便が送られてきたというのだ。nウォーターへの批判をウェブサイトに載せた蓮見に対しては、その文章をすべて削除すること。ネットニュースに糾弾記事を寄せた朝倉には、訂正記事を書くことを要求しているらしい。蓮見らが相手にしないでいると、今度は社長自ら電話をかけてきた。ものすごい剣幕で、「何も知らないくせに、勝手なことばかり書くな。俺が一から説明してやるから、一度会社に来い」とわめき散らしたそうだ。

途中で地下鉄に乗り換え、綾瀬《あやせ》駅で降りた。

「本当に僕も行って大丈夫なんですね?」改札を出たところで、念を押す。

「しつけーな。大丈夫だって」羽鳥がいら立って答える。「その社長、『文句があるやつ全員で訪ねてこい』って言ったんだから。誰が行ったっていいんだよ」

「もし何か訊かれたら、正直に大学院生だと言っていいよ」朝倉が言った。「仲間に学生がいても、何もおかしくないんだから」

「はあ……」興味があって同行したのは間違いないが、「仲間」と言われるとさすがに尻込みしたくなる。

駅前は思ったより賑《にぎ》やかだった。高架下の商店街には買い物客が大勢歩いている。スーパーの前を横切り、広場の手前で左に曲がる。そのまましばらく直進すると、目的の雑居ビルがあった。一階のガラス扉に、〈F・W・S〉と書かれたステッカーが貼ってある。それが社名だ。

朝倉は元気よく「ごめんくださーい」と言いながら、ガラス扉を押し開けた。入ってすぐのところに、簡単な応接セットがある。その向こうはパーティションで仕切られていて、奥のオフィスは見えない。すぐに女性事務員が出てきた。朝倉が名前を告げると、不思議そうな顔で社長を呼びに戻る。

二、三分して現れた社長は、えらの張ったごま塩頭の男だった。作業服の上着に紺のスラックス姿。当然ながら表情は厳しい。小脇に抱えていた書類の束を、投げるようにテーブルに置いた。

「おたくらがそうか」

社長は朝倉をひとにらみすると、手ぶりだけで椅子をすすめた。三人だと窮屈《きゅうくつ》な長椅子に、身を寄せ合って座る。朝倉があらためて名乗りながら名刺を差し出すと、社長も名刺を三枚、圭たちの前に並べた。それを見て、社名の〈F・W・S〉が、〈フューチャー・ウォーター・システムズ〉の略だとわかった。

「あんたらのやってること、営業妨害だってわかってる？」社長は声にドスを利かせた。

「そんな意図はありませんよ」口調こそ穏やかだが、朝倉の言葉は直截《ちよくせつ》的だ。「わたしたちはただ、科学的な評価をしているだけです。御社の製品に、うたわれているような効能はないだろうと」

「何が科学的評価だ。おたくら、うちがただの水道水でも売ってるんだろうって、決めつけてるだろ」

「いえ、そんなことはありません。ちゃんと――」

「いいか」とさえぎった社長が、カラーのパンフレットを開いた。「nウォーターのnは、ナノテクのnだ。うちのは金のかかった水なんだよ。ここに書いてあるように、独自に開発した技術で二段階の処理を施《ほどこ》してある。一つ目は、ナノ銀による処理だ」

「はい。精製水を銀ナノ粒子担持《りゆうしたんじ》セラミックスに接触させるんですよね」朝倉がすらすらと言った。

圭もここへ来る途中に説明を受けた。銀の微粒子――ナノ銀には殺菌、防臭効果があり、様々な製品で利用されている。それはよく知られた事実だ。nウォーターの製造過程では、ナノ銀を付着させたセラミックスをしばらく水槽《すいそう》に沈めておくらしい。

「二つ目は、ナノバブルによる処理だ。わかる？　ナノバブル」

「ナノスケールの超微細気泡。流行りですよね」朝倉が鷹揚《おうよう》に微笑む。「ナノバブルを発生させた水に洗浄効果があることは確認されています。抗菌、抗ウイルス、抗がん作用があるという報告もあって、最近盛んに研究されてますよね」

「あんたはそれも信じてないのか」

「そんなことはありません。まだ未解明な部分が多いというだけで。今後いろいろ明らかになってくるでしょう。ただ、それを飲んだら体にいいというエビデンスは現時点で一つもありません。それより何より――」

朝倉が口角を上げたまま、社長にぐっと顔を近づけた。

「そもそも、御社のnウォーターには、ナノバブルなんて含まれていませんよ」

「ああ? 何言ってんだ! ナノバブルってのは目に見えないぐらい小さいんだよ。だから見た目はただの水だ」

「そんなことは知っています」朝倉はまるで動じない。「わたしたちの協力者の研究室にnウォーターを持ち込んで、レーザー光やなんかで詳しく調べてもらったんですよ。その結果、ナノバブルは含まれていないとのことでした」

「そんなわけあるか!」社長は顔を真っ赤にして、乱暴にパンフレットをめくる。装置の写真が載っていた。「これを見ろ! うちの工場のナノバブル発生装置だ」

「家の蛇口やシャワーヘッドに取り付けるだけでナノバブル水ができる、なんて商品もいくつかのメーカーから出ていますが、どうなんですかね、ああいうの」

「うちのはそんなものじゃない！　もっと大がかりで本格的な――」

「では、御社では何かデータをお持ちですか」

「あるよ！　あるに決まってるだろうが」社長は書類の束から別の冊子を抜き出した。「民間の研究機関に調べさせた報告書だ」

ほんの二十ページほどのものだ。朝倉は「ちょっとよろしいですか」とそれを受け取り、数分かけて目を通した。その間に、さっきの女性事務員がお盆に湯飲みを四つのせて現れた。社長が目をむいて追い払うような手振りをすると、事務員は慌てて奥に引っ込んだ。

「残念ながら――」朝倉はページをめくりながら言った。「ナノバブルを計測したデータは見当たりませんね」

「写真があるだろうが！　ナノバブルを撮影したものが」

「ああ、これですよね」朝倉はその写真を示した。「これは、ある大学の研究者が特殊な技法で撮影したナノバブルの電子顕微鏡画像ですよ。わたし、その研究者のサイトで見たことがありますから。御社のnウォーターとは何の関係もありません。ほら、キャプションにも〈ナノバブルの一例〉とちゃんと書いてあります」

社長は言葉にならないうめき声を発した。朝倉は報告書に目を落としたまま続ける。

「pHを調べたり電気伝導度を測ってみたり、それっぽいことはいろいろやられてますが、意味のあるデータはないですね。しいて言うなら、滅菌《げんきん》効果を示したグラフぐらいですか。まあ、水に銀が溶け出しているでしょうから、当たり前の結果ですけど」

「何なんだ、お前ら……」社長は低くうめいた。「言いがかりばっかり――」

「ナノ銀とナノバブル」朝倉が平然と言葉をかぶせる。「それぐらいでやめておけばまだよかったんでしょうけれど。そのあとがいけない」

朝倉はもう一度パンフレットを手に取った。

「例えば、ここに〈世界最小レベルの水分子クラスターを実現！〉とあります。水ビジネスの皆さんは、ほんとに『クラスター』がお好きですよね。水分子の集まりってことでしょ？」

「そうだ。ナノバブルが水分子のクラスターを劇的に小さくするんだよ。クラスターの小さい水は、細胞に浸透しやすい。体を根本から浄化するんだ」

「はい、そういうことですよね。でもですね、クラスター説なんてものは、とうの昔に科学的に否定されているんですよ。今のところ、水のクラスターを測る方法もないですし。それに、ねえ町村君」

「は？」いきなり振られて、声が裏返った。

「〈細胞の固有振動数と共鳴し、生体エネルギーを最大化！〉とも書いてあるんですが、〈生体エネルギー〉なんて言葉、聞いたことあります？」

「いえ、初耳ですけど」

「ですよね。生命科学専攻の彼でも知らない。科学用語ではありませんよ。社長さん、この言葉を定義できますか？」朝倉は淡々とたたみかける。「それから、〈細胞の固有振動数〉って、どうやって測られたんです？　それが水分子の振動と共鳴するんですか？　温度やなんかにかかわらず？」

　唇を震わせているだけの社長を見据え、朝倉が続ける。

「〈ナノ〉をキーワードに商品を作ったはいいけれども、それを効能に結びつける理屈がない。だから、それらしい用語を適当にちりばめて説明を作文する。その時点で、ニセ科学確定です。たとえnウォーターに何らかの健康効果があったとしても」

「――効果は、ある」社長はつかえながら言った。額に汗が浮かんでいる。今度はクリップで留《と》めた紙束を掲げてみせた。「全部、購入者から届いた感想だ。みんな効果を実感してる。喜んでる。nウォーターに感謝してる。それ以上、何が要るって言うんだ！」

　その紙束に手をのばしたのは、ずっと黙っていた羽鳥だった。口もとをゆがめたまま、感想を読み上げていく。

「〈あんなに代謝の悪かった私が、汗かきになりました!〉〈毎日肌の調子がいいです。デトックス効果もバッチリですね〉〈枯れかけていた観葉植物に試しにあげてみると、びっくり! 元気を取り戻したんです〉〈長年患っていた糖尿病《とうにょう》が、よくなりました。nウォーターには足を向けて寝られません〉——」

羽鳥はそこで紙束をテーブルに放り出した。珍しく顔を紅潮させている。

「俺たちはね、こんな与太話《よたばなし》を聞きにきたんじゃないんすよ」社長をにらみつけ、押し殺したような声で言った。

「何なんだ、いきなり」

「あんた、震災のあと、福島に行っただろ」

羽鳥はそう言って、ある町の名前を挙げた。圭の記憶にもすりこまれている、原発にほど近い町——。

社長の顔色が変わった。だが、激しく目を瞬かせるだけで、何も答えない。

「俺たちもつい最近知った。事実かどうか確かめるために、町役場の産業振興課にも話を聞いた。あんた、町にnウォーターを売り込んだんだってな」

「どういうことですか」圭が訊いた。

「当時、町の酪農家たちは、被曝《ひばく》した牛をどうするかで困り果てていた。そこへこの社長がやってきて、牛にnウォーターを飲ませたら、牛の体内の放射性物質が効率よく排泄されると言ったんだとよ。他の町の牛で試したら確かに効果があったと言って、データまで見せたらしい。そのデータ、俺たちにも見せてくださいよ、社長さん」

「それは……」社長は口ごもった。「担当者に聞いてみないことには……」

「この社長、『復興予算を使って、うちに事業を委託してほしい』と町役場にしつこく頼み込んだそうだ。役場は最初、相手にしなかった。でも、酪農家は生きるか死ぬかの思いで方策を求めてる。そのうち役場も、少しでも可能性があるのなら、と考えるようになった。除染の実験をするという名目で、予算が組まれた。一千万近い金が、この社長に渡ったはずだ」

「実験の結果は――？」

羽鳥は鼻で笑った。「言うまでもないじゃん」

「確かに我が社は委託を受けた」社長が早口でまくしたてる。「れっきとした委託事業だ。うまくはいかなかったが、我々なりに被災地のために技術を役立てようとしたんだ。私腹をこやしたかのような言い方はやめてくれ。実験に使った費用しか請求していない」

「んなこと信じられるかよ」羽鳥が吐き捨てる。

「あんたね、いい加減にしないと――」社長が立ち上がった。

「訴えるなら訴えろよ。nウォーターの記事は消さない。あんたが福島でやったこともきっちり追加してやる。被災者を食い物にするようなやつらは、マジで最低だ」

羽鳥は社長を見上げ、冷え切った声で言った。

「俺、絶対許さないよ、あんたたちのこと」

来た道を綾瀬駅へと戻る。

会社をあとにしてから、羽鳥はずっと黙り込んでいる。彼があそこまで感情を露《あら》わにした理由が知りたかったが、どう声をかけていいかわからない。それほどまでに思いつめた表情をしていた。

そんな圭の様子に気づいたのか、朝倉が羽鳥に言った。

「ねえ、羽鳥君。町村君にあのこと言っていい？」

「あのこと？　ああ――」すぐに察したらしい。「別にいいけど」

朝倉が圭の横にきた。少し間を置いて、言う。

「羽鳥君はね、福島の双葉町《ふたばまち》出身なの」

「双葉町――ってことは……」

「うん」朝倉がうなずく。「町の大部分が帰還困難区域。ご両親は今も郡山《こおりやま》の親戚のお宅に身を寄せてらっしゃるそうよ」

「――そうだったんですね」

すぐ横を歩く羽鳥は、まだ険しいままの視線を正面に向けている。東京で生まれ育った圭は、故郷を失うということがどういうことか、精一杯想像しようとした。

やがて、羽鳥がぼそりと口を開いた。

「クリストファー・バズビーって男がいる。震災の数ヵ月後、日本にやってきた。ECRR――欧州放射線リスク委員会という組織の幹部だ」

「国連の組織か何かですか」

「だと思うだろ。みんな、権威ある機関だろうと勘違いした。一部のマスコミも。でも違う。ただの反核市民団体だ。バズビーは日本で記者会見や講演会を開き、低線量被曝のリスクを煽《あお》りまくった。今にがん患者が何十万人も出るとか言って。マスコミはこぞってバズビーの発言を報じた。あの男のせいで福島を離れた人たちも、きっと大勢いる」

「それは……知りませんでした」

「ひどいのはここからだ。バズビーは、『福島の子どもたちのためのクリストファー・バズビー基金』という団体を設立した。これも、慈善団体みたいに聞こえるだろ」

「違うんですか」

「大違い。バズビーはこの団体を介して、放射線被曝に効くというインチキサプリと、放射能汚染検査キットを、福島の人たちに法外な値段で売りつけようとしてたんだ。そのことがイギリスのマスコミに暴かれると、バズビーは逃げるようにしてどこかに消えた」

さすがに言葉を失った。「――最低ですね」

「俺はその話を聞いて、そんなクズみたいなやつがいるのかと驚いた。でも、ちょっと調べてみただけで、似たようなのがうじゃうじゃいることがわかった。怪しげな健康食品、ホメオパシー、さっきの社長みたいな水ビジネス、もちろんＶＥＤＹも。放射能に怯える福島の人たちの弱みにつけこんで、金儲けをしようとした連中だよ」

羽鳥は主に一瞥《いちべつ》を投げ、抑えた口調で続ける。

「以前は俺も、おたくと同じように、ニセ科学なんてどうでもいいと思ってた。そんなものに目くじらを立てるなんて、時間の無駄だって。でも、その事実を知ったときから、俺の中でニセ科学は、どうでもいいものなんかじゃなくなった」

「もしかして、それがきっかけで蓮見先生のもとに――」

羽鳥はわずかにあごを引いて肯定し、また黙り込んだ。すると朝倉が、「わたしが思うにね」とあとを引き取る。

「ニセ科学にも、他愛のない冗談みたいなものから、悪質な詐欺まで、いろんなレベルのものがある。中でも絶対に許してはならないのは、人の弱みにつけこむようなニセ科学。だまされるほうが悪いなんて、とても言えないケースだよ」

「VEDYもその一つってわけですね」

朝倉がうなずく。「VEDYについては、本当にひどい話がいろいろ聞こえてきてるよ。例えば、VEDYシンパとして有名な医師がいて、治療効果があるといって白血病の患者にVEDY錠を買わせている。VEDY妊活アドバイザーを名乗るグループがあって、不妊に悩む女性たちにVEDYパウダーをまぜた食事を勧めている。あるVEDY傘下のボランティア団体は、引きこもりの子どもをもつ親に近づいて、VEDYウォーターを飲ませなさいと指示している、とかね」

聞きながら、圭は自分の浅はかさを、想像力のなさを恥じていた。その裏にあるのは、初めて感じるVEDYへの怒りだ。弱々しくかぶりを振るしかできない圭の横で、朝倉が続ける。

「わたしたちが闘ってるのは、そういうニセ科学なの。わたしたちの大切な科学の言葉を利用して、弱者をだまそうとする連中」

「それは――負けるわけにはいきませんね」闘いに加わる覚悟もないのに、ついそんな言葉が口をついて出た。

「でも、VEDYはさっきの会社みたいにはいかないよ」腕組みをした朝倉が、眉間にしわを寄せる。「もっとずる賢いからね。一筋縄ではいかない」

＊

ショップを出ると、亜希《あき》――前回の合コンで知り合った二人組のうち、ボブのほうだ――が小走りで正面に回った。圭の全身に目を走らせて言う。

「いいじゃん。背が高いから、すごく似合う」

「なんか落ち着かないな。普段こういうの着ないし」

買ったのはニットのジャケットだ。レジでタグを切ってもらい、着たまま出てきた。ボタンを一つ外し、思い直してまた留める。どうするのが正解かわからない。

ここは渋谷《しぶや》の裏通りだが、洋服店が多いせいか、行き交う若者たちはみなオシャレだ。誰に見られているわけでもないのに、妙に気恥ずかしい。

「ジャケットぐらい持ってるでしょ」亜希が横に来て言った。

「いや、こういう形の上着はスーツだけ」

「スーツなんて着ることあんの？　あ、就活とか？」

「学会とかね」

「学会って何？」亜希は首をかしげた。

亜希から連絡があったのは、昨夜のことだ。「洋服を選んであげるから、あたしの買い物にも付き合って」と言われたのだ。そんなことを頼んだ覚えはなかったが、角の立たない断り方を探しているうちに、待ち合わせの時間と場所を指定されてしまった。

これは果たしてデートなのだろうかと、昨夜からずっと考えている。結論は出ていない。実際に会った亜希の態度はさばさばしていて、緊張したり照れたりする様子はない。暇つぶしか気まぐれに誘われただけかもしれないが、それならそれでかまわない。とにかく受け身でいようと圭は思った。

「次はあたしの買い物、いい？」亜希は圭を見上げて言った。

「いいけど、洋服買うの？」

「ううん、電気屋さんに行きたい」

亜希は渋谷に詳しいらしく、地図も見ずにどんどん歩いていく。いったん渋谷駅のほうまで戻り、道玄坂《どうげんざか》の途中にある家電量販店に入った。エスカレーターで四階に上がり、ドライヤーやヘアアイロンが並ぶコーナーに直行する。

「あった！　これこれ」亜希は大ぶりの白いドライヤーを指差した。人気商品なのか、〈話題沸騰《ふっとう》のDNA活性化ドライヤー再入荷！〉と派手なポップが立ててある。

「DNA活性化ドライヤーって……」いかにも怪しい。メーカーも聞いたことのない会社だ。

「美容師さんに勧められたの。ほんっとに髪がつるつるになるんだって。最近、雑誌でもよく取り上げられてるし」亜希は展示品を手に取った。「でも、めっちゃ高いんだよね」

「え！」値札を見て驚いた。「三万!?」

「うん。だからまだ迷ってるんだよね」亜希が吹き出し口をこちらに向ける。「町村さん、どう思う？　ＤＮＡの専門家でしょ？」

「いや、そんなこと言われても」

商品棚の下に、そのドライヤーのパンフレットがあった。めくってみると、案の定だ。〈独自に開発した最先端量子化技術により、髪と頭皮の細胞を遺伝子レベルで活性化する波動の照射を実現〉などと書いてある。ため息が漏れた。

「ねえ、どう？」亜希が焦れたように訊いてくる。

「率直に言うと——」亜希の目を見ずに言った。「三万も払う価値はないと思う」

「え、なんで？」

「説明が信じられない。ただの温風で遺伝子の働きが変わるわけないし、変わったりしたら大変だよ。疑似科学だと思う」

「疑似科学？」亜希は眉をひそめた。「何それ？」

結局、ドライヤーは買わずに家電量販店を出た。近くのカフェに入るまでの道すがら、圭は疑似科学について亜希に説明した。

新作だという複雑な名前のフラペチーノをストローでかき混ぜながら、「でもさあ」と亜希は言った。

「やっぱよくわかんない。その、波動?とかいう言葉が出てきたら、全部疑似科学なの?」

「うーん、そうとは言い切れないけど」

「でしょ? パンフレットの説明があいまいなのは、メーカーがその技術をまだ秘密にしておきたいからかもしれない。町村さんが知らない新事実だってあるかもしれない。将来、効果があるって証明されるかもしれないじゃん」

「まあ、一般論としてはそうかもしれないけどさ」

「だからね」言っているうちに、亜希は自信を持ち始めたらしい。「ここからこっちは科学、ここからこっちは疑似科学って、一方的に決めつけるのはどうかとあたしは思うわけ」

「一方的にというか……」

「世の中にはね、まだ白黒つけられない、グレーの領域ってものがあるんだよ。血液型性格判断だってそうでしょ。ほら、名前何だっけ?　町村さんの先生」

ること」

「そう、宇賀神先生も言ってたじゃん。科学的に証明できる可能性はある、みたいなこと」

「宇賀神先生」

「いや、あの人にはね――」

不純な目的があったんだよと言おうとしたが、亜希は口をはさませない。

「風水とかもそうだよね。そうだ、知ってる？　金運アップには、黄色とかゴールドの財布がいいって言うじゃん。でもそれだけじゃダメなんだって。うちに帰ったら、財布をバッグから出して、部屋の北側に置いておくの。友だちから教えてもらったんだけど、その子、それでほんとに金運上がったって。臨時収入があったり、すっごく割りのいいバイト見つけたり」

「風水は疑似科学の範疇《はんちゅう》に入らないんじゃないかな。個人的な体験とか感想だけ例示するのは、疑似科学でもよく使われる手だけどね」

「じゃあ、占いは？」

「風水も占いも、別にグレーの領域じゃないよ。まるっきり非科学的なだけ」

「あのさあ」亜希はストローを抜き、カップのふちを叩いた。「ドライヤーもダメ、血液型もダメ、風水も占いもダメ。そんなんで、人生楽しい？」

「楽しい楽しくないの問題じゃ――」

「あたしには楽しいかどうかが大事なの！　せっかく人が楽しんでるのに、横から疑似科学だのインチキだの言われるのは、気分悪いの。空気が読めてないの。こっちが好きでやってることだし、もしそれに意味なんかなくたって、誰かのせいにはしないんだから。わかる？　わかる？」

「――わかる」そこは妙に納得してしまった。

「町村さんがそうだってわけじゃないけど、よく、正論しか言わない人っているじゃん」

「いるね」

「ああいう人って、何もわかってないんだなあって思う。自分以外のことを。わかってないというか、わかろうとしてないんだなあって。疑似科学だ、インチキだって何にでも目くじら立てる人も、同じだよ」

「わかろうとしてない、か」そうかもしれないと思った。

「あたしに言わせればね、理系の人たちは、科学に幻想を抱いてる」

「どんな幻想？」

「科学教にみんなを入信させることができるっていう幻想」

「なるほど」

「あたしなんかはさ、入信まではしたくないわけ。今さら勉強とか無理だし。でも科学教の恩恵は受けたいから、たまに拝《おが》んだりはする。神社とかお寺とおんなじ。信じたいときだけ信じて、信じたくないときは信じない。そういう人のほうが多いと思うよ、絶対」

「まあ、そうだろうね」

VEDYなど、弱者を食いものにする卑劣な疑似科学の話をしようかとも思ったが、思いとどまった。「人生は楽しいかどうかが大事」と言い切る亜希に、これ以上深刻な話をする気にはなれない。それに圭自身、昨日朝倉からその話を聞くまで、疑似科学の害悪を軽く見ていたのだ。昨日の今日でいきなりえらそうに正義漢ぶるのは、どうしても嫌だった。

明らかな疑似科学であれば、圭にはそのほとんどを見極めることができるだろう。それは、亜希にファッションの知識があるように、圭に科学の知識があるからだ。だからといって、その知識や合理的な考え方をことさら大切にして生きてきたわけではない。そもそも圭は、数学と理科が不得意でないという理由だけで理系に進んだ。就職に強そうだということももちろんある。生命科学を専攻したのも、理系の中で一番ソフトなイメージがあったからにすぎない。

科学的であることを良しとし、非科学的なものをバカにしてきたのは、それが理系の人間として当たり前と思っていたからだ。それ以上でも以下でもない。深く考えたことなどなかった。当然、科学的であることが当たり前でない亜希のような人々の心の内など、想像したこともない。そういう意味では、やはり自分は亜希の言う「わかろうとしていない」人間の一人なのだろう——。

亜希はフラペチーノにストローをさし、「そういえばさ」と頬を緩めた。

「幻想で思い出したけど、宇賀神先生って、おかしいよね」

「おかしいって、変だってこと？」

「ううん、笑っちゃうってこと。あのあと麻衣《まい》とも言ってたんだけどね。あの先生、遊び人を気取ってるみたいだけど、中身は絶対違うよねって」

麻衣というのは、宇賀神が気に入っていたセミロングのほうだ。

「どう違うの？」

「ああいうタイプに限って、女に幻想を抱いてる」亜希は意地悪く言った。「理想の女性像みたいなのがあってさ。そんな女いるわけないのに、ずーっと追い求めてる」

鋭い——と感心したが、さすがに口にはできない。

「で、それは絶対に麻衣みたいな子じゃないね」亜希は断言した。

「そうかな。相当気に入ってたみたいだけど」

「ま、どっちにしても麻衣はダメだけど。あの子、彼氏いるし」

「……ああ、そうなんだ」宇賀神が知ったらどんな顔をするだろうと思った。

涼しげな顔でフラペチーノを吸う亜希に、訊いた。

「でもさ、宇賀神先生が女性に幻想を抱いてるって、なんでそう思ったの？」

「勘だよ。女の勘」亜希は真顔で言った。「こういうのも疑似科学？　でも、当たってると思うよ」

＊

先を歩く羽鳥は、勝手知ったる様子で廊下を進んでいく。ここ城西教育大学には、蓮見の使いで何度も足を運んでいるらしい。窓の外からピアノの音が聞こえてくる。となりの校舎に音楽練習室でもあるのだろう。

階段で二階に上がると、羽鳥がある部屋の前で立ち止まった。ネームプレートに〈准教授　田所秀之《ひでゆき》〉とある。小学校のVEDYボール投げに協力している団体の情報を蓮見に求めた際、訪ねてみるよう言われた理科教育の専門家だ。

ノックすると、頭の禿《は》げ上がった中年男が丸顔をのぞかせた。「やあ、お待ちしておりましたよ。どうぞどうぞ」と、人の好さそうな笑顔で招き入れてくれる。

髪こそないが、さほど年配ではない。おそらく四十代だろう。折り目のとれたスラックスにジャージの上着を着ているので、大学教員というより小学校の先生に見える。

小さなオフィスは散らかり放題だった。本や資料にまじって、理科教材らしきカラフルな装置や模型がところ狭しと置かれている。

テーブルにそびえる書類の山をどかし、折りたたみ椅子をすすめた田所が、何かに気づいて顔をほころばせた。羽鳥のTシャツを指差し、プリントされた一文を読み上げる。

「〈悪魔でも理化学辞典を引くことができる〉。いいですねえ。新作ですか」

意味はわかる。「理化学辞典」というのは、科学版の広辞苑のようなものだ。疑似科学に科学用語がもっともらしく混ぜ込まれていることを指摘しているのだろう。

「その元ネタは、確かシェイクスピアの……『ハムレット』でしたっけ?」田所が訊いた。

「『ヴェニスの商人』」羽鳥は素っ気なく訂正した。「『悪魔でも聖書を引くことができる、身勝手な目的にな』──ですよ」

田所は感心したようにうなずき、圭に微笑みかける。

「羽鳥君って、若いのに博学でしょ」

「ええ、ほんとに」やっと挨拶をするチャンスがきた。「あのう、初めまして──」

あらためて互いに自己紹介をした。羽鳥からは、圭のことは疑似科学問題に興味がある大学院生ということにしてあるので、そのつもりで話を合わせろと言われている。要するに、活動家見習いを演じていればいいわけだ。

田所は名刺を差し出しながら、「聞いてますよ」と大げさに眉を動かした。

「VEDY研究所に潜入されたそうじゃないですか」

「あ、はい。少しだけですけど」

「しかも、あの有名な宇賀神崇先生のお弟子さんでしょ。頼もしい新戦力ですねえ」

「いや……まあ、頑張ります……」否定するわけにもいかず、消え入りそうな声で言った。

田所が淹れてくれたコーヒーを飲みながら、一から用件を説明した。聞き終えた田所は、すべてを理解したような顔で確かめる。

「いとこさんの小学校は、どこの区になりますか」

圭が答えると、田所は「なるほど」とうなずいた。

「あそこの教育長は熱烈なVEDY信者でしてねえ。区内の小学校ではVEDYボール投げがカリキュラムとしてすっかり定着しちゃったんですよ。私もいろんな媒体を使って抗議を続けているんですが、なかなか聞き届けてもらえません。困ったものです」

田所はパソコンに向かうと、ブラウザで素早く何かを検索した。プリンターが吐き出した一枚の紙を圭に差し出して、自信たっぷりに言う。

「その地域であれば、小学校に協力しているのはまず間違いなくこの団体でしょう」

手渡された紙には、ある環境NPOのSNSのトップページが印刷されていた。

「『緑と人の共生ネットワーク』――」圭はNPOの名称を読み上げた。その下には〈首都圏近郊の里山をまもり、川を生き返らせることを目的に、さまざまな活動に取り組んでいます！〉と書いてある。

「通称『緑人《りょくじん》ネット』。都内では最大規模の団体ですよ。代表もその界隈では有名人ですし」

「どう有名なんでしょうか」

「今風に言いますと、意識高い系ってやつですか。言動がいちいちそういう感じです。ある意味純粋で、正義感も強いんでしょうがねえ。もちろん行動力は旺盛《おうせい》です」

「ああ……」なんとなく想像がついた。「あんまり得意なタイプじゃないかも」

「緑人ネットにも接触するおつもりですか」

「ええ、できれば」

「だったら」と羽鳥が横から言った。「とりあえずボランティアとして何かの活動に参加してみるのがいいかもな。スタッフと知り合いになれるかもしれない」

「そうですね」と田所も微笑む。「それなら大歓迎されると思いますよ」

田所がコーヒーのおかわりを淹れてくれている間に、あらためて室内を見回した。正面の書棚にふと目が留まる。論文などを収めた分厚いファイルボックスがぎっしり詰め込まれていた。その中に〈ＶＥＤＹ関連論文（発展途上国）〉と書かれた箱がある。

田所がカップを手に戻ってくると、圭はそこを指差して訊いた。

「あれ、ＶＥＤＹ研究所が出した論文ですよね。〈発展途上国〉と書いてあるのは、どういう意味ですか」

「ああ、あれね」田所はカップをテーブルに並べながら答える。「ＶＥＤＹの連中は発展途上国の支援にも熱心でしてね。まあ、実際は支援になっていないんですが。とにかく、農地改良や環境浄化にといって、あちこちにＶＥＤＹ製品を寄付しています。何らかの結果が出ると、ＶＥＤＹ研究所の研究員がその国の研究者と共同で論文を書き、そこのジャーナルに掲載させるわけです」

「はは あ、だから東南アジアや中東のジャーナルがやたら多いのか」

「ＶＥＤＹ研究所が公開している論文リストのことですね」田所が苦笑いを浮かべる。「確かに、論文の数だけは立派ですよねえ。数だけは」

「ってことは、やっぱり中身はひどいものなんですか。宇賀神先生なんかは、読むまでもないって言うんですけど」

「そうですねえ」田所は渋い顔で腕組みをした。「農地改良にしても環境浄化にしても、VEDYを散布したら以前と比べて良くなりました、という事例を報告しているだけなんです。だから、因果関係がはっきりしない。それがVEDYの効果だということを証明するためには、対照実験が不可欠でしょう？」

「ええ、もちろん。VEDYをまかないエリア、普通の酵母をまくエリアなどを設けて、結果を比較しないと」

「それがほとんどおこなわれていないわけですよ。ごく一部の農地改良の論文では対照実験らしきこともやっていますが、VEDYをまいたエリアと対照実験のエリアとで、日当たりや水はけといった基本的な土壌環境がきちんとそろえられていたのかどうか、大いに疑問です」

「実験条件の詳しい記載はないんですか」

「そこはまるでいい加減です。記載されていても、よくよく読めば、異なる季節に対照実験をやっていた、なんてケースもありました」

「うわ、ひどいですね」

「そう正直に書いてあるんだから、まだマシなほうだよ」羽鳥がせせら笑うように口をはさんだ。「やつらが実験条件を詳しく書かないのは、実験デザインの不備を指摘されたくないからだ。ゴマカシがあるからだよ」

「だからですね」田所がうなずいて言う。「彼らの論文では、たまたまVEDYの効果があったように見える事例だけをピックアップして報告している。あるいは、他の要因を隠して、あたかもVEDYが効いたかのように見せかけている。そんな可能性が高いのではないかと、我々はふんでいます」

「ありそうなことですね」

「うちのウェブサイトでも、やつらの検証方法のいい加減さを何度も指摘してきた」羽鳥がどこか投げやりに言う。「向こうには反論する気も改善する気もないらしい。ま、する気があったとしても、できないだろうけど」

「不備のある論文でも掲載してくれるジャーナルがいくつもあるというのが、現実です」田所が眉尻を下げる。「実際、あれだけの数のVEDY関連論文が世に出ているわけですから。VEDYの効能について、普通の人々を納得させるには十分でしょう」

圭は田所と羽鳥を交互に見て、ずっと疑問に思っていたことを口にした。

「そもそも、VEDYの中身って、具体的には何なんでしょう？　どんな酵母が含まれているのか、調べてみた人はいないんですか」

「何人もいるよ」羽鳥が答える。「俺たちも、仲間の微生物屋さんに依頼して、VEDY－Ωの分析を試みたことがある。結果は予想どおり、てかそれ以下だな。ごく普通の海洋酵母が何種類か確認できただけで、深海底などの極限環境に生きる特殊な酵母は見つからなかった。調べた人は、みんなそう言ってる」

「つまり、『万能深海酵母群』なんて言いながら、『万能』どころか『深海』すら正しくないと――」

「VEDY‐Ωの製造方法は一切不明だけど、おそらくは、海で採取した酵母の類いを何でもごちゃ混ぜにして培養してるんだろう。その中で深海底に生息するタイプがうまく増殖していないのか、はなからそんなもの入れていないのか。どっちにしても、やつらはそんなこと気にしちゃいない。ムカつくのは、VEDY‐Ω一瓶に深海酵母と呼べるものが一株も含まれていないとは言い切れないってこと」

「確かに、存在しないことを証明するのは難しいでしょうね。数ミクロンの単細胞生物が無数につめ込まれているわけですから、わずかな量なら検出できない」

「VEDY側としては――」今度は田所が言った。「そういう反証ができないことを見越して、堂々とその商品名を掲げているんでしょうねえ。いずれにせよ、そんなものが環境や人体に劇的な効能を発揮するはずがありません。効くメカニズムを説明することも当然できませんから、そういう論文は書けない」

「仕方ないので、やつらはますますトンデモなものに論拠を頼り始めてる」羽鳥が口の端をゆがめた。「例えば、生体波動測定器」

「出た、例の『波動』ですか」

「うん。生物が持つ固有の『波動』を測る装置。ＶＥＤＹとは別のニセ科学メーカーが作ってる。人間を測ると、オーラの強さがわかるんだと」

「あからさまなトンデモですね」

「生体波動測定器でＶＥＤＹ‐Ωを測ると、他のどの微生物とも違う特別な波形が出るんだそうだ。意味不明なグラフを会誌に載せてたよ。苦しまぎれかヤケクソか知んねーけど」

「いや、私はね」田所が真顔になった。「苦しまぎれでもヤケクソでもないと思いますよ」

「どういう意味ですか？」圭は訊いた。

「それを会誌に載せているというのがミソです。会誌を読むということは、すでにＶＥＤＹ信者なわけでしょ。会誌やウェブマガジンの読者、つまりニセ科学に親和性の高い人々に向けては、波動やオーラという言葉で説明する」

「そっか、そんな説明のほうが、むしろありがたがられるんだ」

「だと思いますね。そして、普通の人々に対しては、例の論文リストが効いてきます。こんなにたくさん論文が出ているんだから、ＶＥＤＹにはちゃんとした科学的裏付けがありますよ、とアピールして取り込みを図る」

「なるほど、うまいかもしれない」現に、政治家も教師も農協関係者も環境活動家も、見事にたらし込まれている。

「残るは、科学知識のある人々です。我々のような批判者は仕方ないとしても、一般の理系の人々にイチャモンをつけられるのはなるべく避けたいはず。たぶん彼らも何か画策しているんでしょうが――」

「あ――」圭は膝《ひざ》を打った。「だからそれが、酵母機能研究ユニットですよ！」

「ほう」と田所が眉を上げる。「ＶＥＤＹ研究所に新しくできた部署ですね？」

「ええ。その研究ユニットは、ＶＥＤＹと直接関係のない、まともな研究をしているようなんです。そこのラボにだけ、ＶＥＤＹ‐Ωのストックが見当たりませんでしたから」

「さすが、潜入してきただけのことはありますねえ」田所は感心したように言った。

「いや、そのことを見抜いたのは、実は宇賀神先生なんですけど……」

田所は目を細め、「とにかくですね」とまとめた。

「そんな風に、ＶＥＤＹはいろんな方面にいろんな手を打っているわけです。まさに口八丁手八丁。彼らをやり込めるのは、容易なことではありませんよ」

ＶＥＤＹは一筋縄ではいかない――朝倉の言葉が、ようやく理解できた気がした。

＊

ブラウザ上で動くそのソフトは、スロットマシンを模してデザインしてあった。ただし、三つ並んだ窓はどれも空白で、数字の「7」もさくらんぼも描かれていない。最初に右端の窓に自分で単語を入力するとのことだったので、試しに〈ドライヤー〉と打ち込んでみた。

エンターキーを押すと、残り二つの窓の中で文字がくるくる回り出し、チンという音とともに動きが止まる。左端の窓に〈有機〉、真ん中の窓に〈スカラー波〉と表示された。

「有機スカラー波ドライヤー」口にして思わず吹き出した。先日亜希と見た「DNA活性化ドライヤー」よりもさらにインパクトがある。ここまでくると使うのが怖い。髪がつるつるになるどころではなさそうだ。

このソフトは、「ニセ科学商品ジェネレーター」。羽鳥が遊びで作ったものだという。ドライヤーなど物品名を入力すると、その前に〈バイオ〉〈エンザイム〉〈高濃度〉〈マイナスイオン〉〈ゲルマニウム〉〈還元〉〈ホルミシス〉〈オゾン〉といった単語をランダムにつけて、いかにも疑似科学っぽい商品名を考え出してくれる。

今度は〈マグカップ〉と打ち込んでみる。出てきた商品名は〈トルマリン遠赤外線マグカップ〉。これは実際にありそうだ。きっと飲み物が冷めにくく、風味も落ちないというスグレモノなのだろう。続けて〈ボールペン〉と入力すると、〈高純度ホリスティックボールペン〉と出た。もはやわけがわからない。

次はどんなもので試そうかとにやついていると、すぐうしろで「楽しそうだな」と声がした。いつの間に入ってきたのか、宇賀神が立っている。

「仕事もせずにゲームとはな。いつからそんなご身分になった？」

「いや、あの、これはゲームといいますか……」

仕方なく説明すると、宇賀神はわずかに眉をひそめた。

「なんで羽鳥君が作ったソフトのことを知ってるんだ？　連絡をとってるのか？」

「え、そんな、まさか……」うろたえながら言い繕《つくろ》う。「たまたま見つけたんですよ、ネットを漁っていて」

宇賀神は「まあいい」と言って、横からキーボードに手をのばした。「最近寒くなってきたからな」とつぶやきながら、右端の窓に〈どてら〉と入力する。残り二つの窓が回り、チンと音がして、商品名が決まった。

「ナノ量子どてら。ふっ、量子効果でホカホカか。いいじゃないか。売れそうだ」

「売れます？」

「で――」宇賀神が真顔になった。「こんなもので遊んでいるということは、さぞ調査が進んだんだろうな?」

「進んだというか、進めてます」慌ててさっきまで見ていた「緑人ネット」のSNSサイトに戻った。「ほら、わかったんですよ。小学校のVEDYボール投げを支援してる環境NPO。さっきSNSにメッセージを送ってみました。一度活動に参加してみたいと書いて。今、返事待ちです」

宇賀神は画面に目もくれず、スーツのほこりをつまんでいる。「何をやるのか知らんが、長期でラボを空けたりするなよ。雑用係がいないと、みんなの研究が滞《とどこお》る」

「わかってますよ」口をとがらせた。「僕にばっかり言いますけど、先生のほうはどうなんです? 海老沼教授のこと、何かわかったんですか」

「わかった。彼は行方不明だ」宇賀神はさらりと言った。「彼も、と言うべきか。美冬のケースと同じで、海老沼教授と親交があった研究者に片っぱしから問い合わせてみたが、彼が今どこで何をしているか、誰も知らなかった」

「もしかして、美冬さんと一緒にいるとか」

「それはない」宇賀神はかぶりを振った。「海老沼教授の消息が途絶えたのは一年以上前だ。そもそも、親しくしていた仲間のほとんどが、教授がVEDYの事業を始めたときに付き合いをやめている。ただ一人、教授の一番弟子にあたる人物だけが、たまに連絡を取っていた。教授の携帯に最後につながったのが、去年の夏。教授は、今病院に入っていると言ったらしい」

「やっぱりそうだ、重病説」そこでふと疑問に思った。「でも、どこの病院かはわかってるわけでしょ?」

「教授は病院の名前も場所も言わなかった。というより、言えなかった」

「どういうことですか」

「一番弟子が言うには、教授はそのとき認知症を発症していたらしい。もちろん本人が言ったわけではないが、会話をしていて明らかにそうだとわかったと」

「ご家族が入院させたんでしょうか」

「いや、教授は何年も前から家族と絶縁状態で、身の回りの世話はスタッフがしていたようだ。たぶんVEDY上層部が療養型の病院にでも放り込んだんだろう。もちろんその事実は公《おおやけ》にされていない」

「どうしてです?」

宇賀神は鼻で笑った。「VEDYを誰よりも長く、欠かさず摂取しているはずの会長が、認知症になってどうする」

「ああ、そっか」

「今もどこかの病院か施設にいるのか、連中の隠れ家にでも閉じ込められているのか。もうこの世の人でないということもあり得る。いずれにせよ、知っているのはVEDY上層部のごく限られた人間だけだろう」

「そんな状態だと、海老沼教授が美冬さんについて何か知っている可能性は低いかもしれませんねえ」

そのとき、新着メッセージの通知音が鳴った。「緑人ネット」の事務局からだ。内容を一読して宇賀神に告げた。

「次の日曜、埼玉でVEDYボール投げてきます」

＊

集合場所の東武東上線《とうぶとうじょう》柳瀬川《やなせがわ》駅には三十数人が集まっていた。緑人ネットのスタッフは七、八人で、あとは一般参加の人々だ。親子の姿もあれば、友人同士らしきグループもいる。

本日の活動は、柳瀬川にVEDYボールを投げ入れる、川浄化体験イベント。参加者たちはみなバックパックを背負い、ピクニックにでも行くような雰囲気だ。

そばにいた女性二人組が話していたことだが、今日は市役所の環境推進課の職員もプライベートで参加しているらしい。このイベントに市から補助金が出ているかどうかはわからないが、緑人ネットとの間には何かつながりがあるのだろう。

好都合なことに、緑人ネット代表の姿もあった。三十代ぐらいの男で、あごひげを生やし、麦わらの中折れハットをかぶっている。ナチュラリストだと言われたらそう見えるし、ミュージシャンだと言われたらそう見えるような人物だ。

ぞろぞろと土手の桜並木に沿って進み、河川敷に下りた。川幅は二十メートルほど。スタッフが資材を広げながら、VEDYボールの説明を始める。作り方はいとこの優斗が言ったとおりだった。セメント袋のようなものに入ったVEDYパウダーを平たい容器にあけ、水を加えてこねる。それを握りこぶし大に丸めるだけだ。

参加者たちは泥遊びでも楽しむように、和気《わき》あいあいと作業した。代表はスタッフに指示を出すわけでもなく、少し離れたところから様子を見守っていた。

二百個ほどのボールができると、男性スタッフが「さあ、一人一個持って！」と笑顔で声を張り上げた。川に向かって横一列に並ぶ。

「投げる前に、みんなでVEDYボールに願いを込めたいと思います！」

参加者の間で笑いが起こった。すると、男性スタッフが真剣な表情になって言う。

「冗談ではないんですよ。みなさんはこんな話を聞いたことがありませんか？　水に〈ありがとう〉と書いた紙を見せて凍らせると、きれいな形の結晶ができる。〈ばかやろう〉と書いた紙を見せると、形の崩れた結晶になるんです」

隣にいた小学生の男の子が、小声で「同じ話、授業で聞いたよ」と母親に告げている。

「ほんとに？」圭はほとんど反射的に確かめてしまった。

急に問いかけられた男の子は口を半開きにして、怯えたようにうなずく。

「それ、理科の授業？」今度はなるべく優しい声で訊いた。

「ううん、道徳」

「――そうなんだ」

たとえ道徳の授業でも、そんなことが実際に教育現場でおこなわれているとしたら、大変なことだ。機会があれば田所に訊いてみようと思った。

男性スタッフは大声で続けている。「それと原理は同じです。言葉の持つ『波動』が、深海酵母のパワーをより活性化させるんです。ではいきますよ！　僕のあとに続いて！　ＶＥＤＹさんＶＥＤＹさん、どうか力を貸してください！　はいっ！」

信じたのかどうかわからないが、みな真面目に復唱した。ばかばかしいと思いつつ、圭もごにょごにょと口だけ動かした。

「では、みなさんの記念すべき一投目、どうぞ！」

スタッフの掛け声を合図に、約三十個の団子が放物線を描く。参加者の間で、どこからともなく拍手が起きた。

作ったVEDYボールをすべて投げ入れると、下流側に場所を変えることになった。

河川敷を進み始めた列の最後尾に、一人で歩く代表の姿を見つけた。絶好のチャンスだ。圭は歩みを緩め、さりげなく横についた。

「天気がよくてよかったね」代表から声をかけてきた。

「ええ、ほんとに」

「今日は、一人で参加？」

「そうです」と答えながら、思った。こうして二人で話せる時間はおそらく限られている。無駄な会話はしていられない。

「お訊きしたいんですが」思い切って言った。「緑人ネットのメンバーになるには、どうしたらいいんでしょうか」

代表がこちらに顔を向けた。興味を持ってくれたらしい。

「うちは基本的に、来るものは拒《こば》まずだけど」中折れハットをかぶり直し、続ける。「一つだけ訊いておきたいことがあるとすれば――君、夢はあるかい？」

「夢？」意表をつかれたが、ないと言うのは不正解だろう。「ええ……まあ、一応」

答えながら大急ぎで中身を考える。まさか、今の奴隷生活をまっとうして花菱製薬の内定をもらうことだとは言えない。

「ならいいんだ。その夢は君の胸にしまったままでいい。ただ、それを片時も忘れずに活動してほしいんだ」

「はあ」

代表は満足げにうなずくと、名刺入れから素早く一枚抜いて差し出した。言うこともやることも、いちいちキザったらしい。

〈緑と人の共生ネットワーク代表・自然活動家・ミュージシャン　モリタ・セイヤ〉――その下に〈反原発！　反グローバリズム！〉と斜体で書いてある。どうやら本当にミュージシャンでもあるらしい。

「僕の夢はね――」モリタがあごを上げて遠くを見た。「東京のすべての川で、ホタルを見ること」

どう反応していいかわからず、ひとまず「おお」と相づちを打った。モリタは芝居がかった調子で続ける。

「そして、近郊の里山で、当たり前のように野ウサギに出会うこと。真夜中の新宿《しんじゅく》で、天の川を眺めること」

モリタはうっとりした顔で唇を結んだ。夢は以上らしい。

「なるほど。素敵ですね」心にもない言葉しか出てこない。

「考えてみて」モリタがこちらを見た。「使い捨ての商品、過剰に供給されるエネルギー、添加物まみれの食べ物、逃れようのない電磁波。好むと好まざると、僕たちは生まれたときからそういうものを与えられ、それなしでは生きられないと思い込まされている。言ってみれば、僕らは麻薬中毒の患者と同じなんだよ」

「麻薬、ですか」

「僕らに麻薬を与えているのは誰だ？　僕らに金を使わせて、私腹を肥やしているのは誰だと思う？」

まっすぐな目に気圧される。「誰、なんでしょう」

「政治家と大企業だよ」モリタは厳しい顔で言った。「僕たちは、本当の豊かさについて知る必要がある。そのためにはまず、あらゆる手を使ってまともな自然環境を取り戻さないといけない。ＶＥＤＹも手段の一つだよ。でも、社会にはびこる癒着《ゆちゃく》、隠《いん》蔽《ぺい》、陰謀《いんぼう》は根深くて、なかなか前に進まない。だから最近は、僕自身が政治の世界に飛び込んで、社会の仕組みを変える必要があると考えてるんだ」

「議員に立候補するってことですか？」

「うん。そのためにも、スタッフを増やしたいところではあるんだ。来年、都議会議員選挙があるからね」

今緑人ネットのメンバーになると、もれなく選挙スタッフとしてかり出されるわけか。参ったなと思っていると、モリタが訊いてきた。

「君、学生だよね。どこの大学？」

「慶成大の大学院生です」

「大学院か。理系？」

「はい、生命科学を専攻してます」

「生命科学――」モリタが表情を曇らせた。「もしかして君――」

何か見透かされたか――鼓動が速くなる。

「就職希望？」

「へ？」

「VEDYグループへの就職だよ。君なら、研究所かな」

「ああ……」今度は何と答えるのが正解かまるでわからない。一か八かで言った。「――そうですね、そうなれば嬉しいんですけど」

「実は、前にも一人いたんだよ。うちからVEDY振興機構に入社した子が。彼は確か、農学部だったかな。VEDYの採用は、能力より思想・信条を重視するらしいからね。グループに忠誠を誓える人間かどうか」

「やっぱりそうなんですか」

「うん。だから、うちを経由するのは悪い手じゃない。うちのスタッフとして頑張ってくれるなら、研究所にいる知り合いに紹介してあげてもいい」

「ほんとですか!?」

「慶成大の大学院生が就職を希望していると言えば、先方も喜んで会ってくれるだろう」

願ってもない展開だった。ＶＥＤＹ研究所に直接つてができれば、美冬に関する情報にアクセスできる可能性がぐっと高くなる。

「あの……」おそるおそる言った。「紹介していただけるなら、なるべく早いほうがありがたいんですが」

「君、来春卒業なの？」

「いえ、修了は再来年の春なんですけど、もう中退しちゃおうかな、なんて気も少し。実は、研究室のボスがとんでもなく横暴で」我ながら言葉に真実味があると思った。

宇賀神とのエピソードをいくつか披露すると、モリタは本気で同情したらしく、何度もうなずいて言った。

「そんな研究室、さっさと辞めたほうがいいな。ぼやぼやしてると、そのろくでもない准教授に洗脳されてしまうぞ」

＊

実験室に入ってくるなり、宇賀神は圭の机にあったコピー用紙を取り上げた。

「〈特別対談　VEDYに満ちあふれた世界とは〉――何だこりゃ」

「昨日の柳瀬川のイベントのあと、緑人ネットの代表が参加者に配ったんです。帰りの電車でぜひ読んでくださいって。VEDYグループのウェブマガジンに載った記事みたいですね」

VEDY研究所の鍵山所長と、有名なスピリチュアルカウンセラーの対談だ。宇賀神が小ばかにしたような台詞まわしで読み上げる。

「〈多仁川《たにがわ》：鍵山先生のお話をうかがっていると、VEDYというのはまさに福音《ふくいん》であり、聖霊だなと。体内に取り込み、また周囲にあふれさせることで、生命の根源的なパワーが増幅するんですね。人間の生命力が、深海酵母の波動と共振するのでしょうか？〉――誰だ、この多仁川ってアホは」

「知りません？　テレビによく出てるでしょ。前世が見えるとか言って、タレントに偉そうに説教してる」

「知らんな」宇賀神がまた声色を変える。「〈鍵山：ええ、まさに共振現象です。私はね、すべての国民がミネラルウォーターの代わりにVEDYウォーターを飲むような社会にしたい。がんや生活習慣病がなくなり、我が国の健康保険制度も救われる。アトピーやアレルギーなんかも消えますよ。精神が健康になりますから、いじめや自殺さえなくなります〉――ったく、読んでるだけで頭が悪くなりそうだ」

宇賀神は手近な椅子を引き寄せ、足を組んで座った。

「まさか昨日の土産がこの紙ごみだけってことはないだろうな」コピー用紙をくしゃっと丸め、ごみ箱に投げる。「収穫を聞かせてくれ」

圭はモリタとのやり取りを話して聞かせた。今回ばかりは自然と顔が得意げになる。

「――というわけで、近いうちにVEDY研究所の人と会えるはずです。土壌環境研究ユニットの主任研究員だと言ってました」

「気に入ってもらえたら、中退して就職するのか」

「やめてくださいよ」宇賀神の目が本気だったので、ぞっとした。

「俺は別に構わんぞ。ベタ褒めの推薦状を書いてやる」

宇賀神はそう言って立ち上がり、ドアのほうへ向かう。

「今から東都工科大の蓮見教授のところへ行く。一緒に来い」

例によって、羽鳥が仏頂面で招き入れてくれた。今日のＴシャツには、〈ニセ科学への道は善意で舗装されている〉とプリントされている。

そのとおりだと思った。昨日楽しげにＶＥＤＹボールを投げ込んでいた人々の顔が浮かぶ。実際、誰もが善意に満ちた笑みを浮かべていたのだ。

ソファに腰掛けると同時に、蓮見がついたての奥から現れた。杖で体を支えながら、宇賀神の正面に座る。

「何か、わかりましたか」虎目石のような瞳を宇賀神に向け、静かに言った。

「桜井美冬のことでしたら、まだ何も」

「申し訳ないが、我々にも新たにお伝えできることはない」

ここへ来るまでの間、宇賀神は圭にも訪問の目的を教えてくれなかった。

「今日はそれとは違う用件で」

宇賀神は茶封筒から論文のコピーを取り出し、テーブルに置いた。英語の論文だ。

「三日前、こんなものが出たのをご存じですか」

圭は横からコピーをのぞきこんだ。医学系の論文らしい。タイトルに〈がん〉と〈免疫《めんえき》〉という単語が入っていることだけはわかった。

「さすがに目がはやい」蓮見があごひげをしごく。「もちろん我々も読んでみた。あなたはこの手の話には興味がないものと思っていたが」

「この内容でこのジャーナルに出たとなると、話は別です」

宇賀神の厳しい声とは対照的に、蓮見は淡々と応じる。

「こうして宇賀神さんのほうから訪ねてきてくださったんだ。ぜひこの論文について意見をお聞かせ願いたい。私も羽鳥君も、門外漢だからな」

「あの――」置いていかれまいと、圭はあえて蓮見に向かって訊いた。「いつも僕だけ周回遅れで申し訳ありませんが、どういう論文なんでしょうか」

「VEDY研究所の、篠宮《しのみや》という上席研究員が書いた論文でね」

「上席研究員ということは、幹部ですね」

「そのはずだが、歳はまだ若いようだ。その人物は今、ウクライナの大学の医学部に留学中らしくてね。そこの教授たちが共著者として名を連ねている。掲載されているのは、そこそこ名の通ったがん研究専門の国際学術誌だ」

「ということはつまり、VEDYががんに効くという話なんですか」

「マウスのがんに、だ」蓮見はそこを強調した。「かいつまんで言うとこういうことだ。マウスのリンパ球を取り出し、ある深海酵母の抽出液を加えた培養液の中で増殖させる。がんを発症させたマウスの体内にそのリンパ球を戻してやると、がんが顕著《けんちょ》に小さくなった。著者らは、深海酵母がマウスの腫瘍免疫を強化したと結論している」

「論文に『ＶＥＤＹ』という言葉は出てこない」羽鳥が自分の席から言った。「だけどその深海酵母は、やつらがＶＥＤＹに含まれていると主張しているタイプのものだよ」

「それって……まずくないですか」

妙な言い方になった。だがこれはＶＥＤＹサイドを大きく利する結果だ。彼らがこれを大々的に宣伝し、攻勢を強めてくるのは間違いない。

宇賀神は上体を前に傾けた。顔をぐっと蓮見に近づけて、挑発するように言う。

「この論文は、連中がこれまでやってきた、農業や環境分野のいい加減な事例研究とはわけが違う。ちゃんと対照実験を――普通の海洋酵母の抽出液を加える実験をおこなって、結果を比較している。普通の海洋酵母では、腫瘍免疫の活性化は見られない。つまり、この深海酵母には、普通の海洋酵母にない特殊な何かがあるということになる」

ひと息に言い切った宇賀神を見据え、蓮見がうなずいた。

「なるほど。それがあなたの評価というわけか」

「ＶＥＤＹの研究員が書いたという先入観を排除すれば、そう評価せざるを得ない。手法やデータに目立った不備は見当たらないし、解釈も結論もまあ妥当《だとう》だ。信じる信じないは別にして、外見上はまっとうな医学の基礎研究として成立している」

圭は息をつめて二人を見比べた。宇賀神の言うとおりだとすれば事態は深刻だ。たった一例と侮《あなど》ることはできない。がんさえ打ち負かすのだから、とVEDYの万能性を信じる人々が増えるのは想像にかたくない。

蓮見は宇賀神から目をそらさず、杖の持ち手に両手をのせた。

「マウスに対して抗がん作用が見られたからといって、大騒ぎすることはない」

「甘いですよ。確かに、医学研究では、試験管やマウスでうまくいっても、ヒトへの臨床試験ではまったく効果が見られないことのほうが多い。でもそんなこと、VEDYの連中や一般人にしてみれば、知ったこっちゃない。マウスだろうが何だろうが、深海酵母ががんに効いたという事実がすべてだ。実際、ネットではすでに騒ぎが起きている。VEDY信奉者はもちろん、おたくらを嫌っている疑似科学批判批判派の連中まで、鬼の首でも獲ったかのようなお祭り騒ぎだ」

「宇賀神さん」蓮見は静かに言った。「私もあなたも、サイエンスのトレーニングを積んできた専門家だ。専門家が専門家たる所以《ゆえん》は、知識の量ではない。細かな知識など、書物やインターネットに任せておけばよい。我々が培《つちか》ってきたのは、本質を見抜く力だ。素人が持ち合わせていない悟性《ごせい》なのだよ」

「要するに、騒ぐ素人など放っておけということですか」

「誰がそこまで言ったよ」羽鳥がとがった声で口をはさむ。「極端だよ、あんた」

宇賀神はそちらに一瞥を投げ、不敵な笑みを浮かべる。

「私は心底そう思いますよ。素人は黙ってろとね。素人の一番素人くさいところは、プロの凄《すご》さを目の当たりにしたことがないということだ。ただ――」宇賀神は口の端を歪《ゆが》めた。「おたくらが嫌われる理由は、よくわかる」

「ああ？」羽鳥が顔をしかめる。「誰かに好かれたくてやってるわけじゃねーし」

蓮見は何の反応も示さない。宇賀神は羽鳥に構わず続ける。

「この論文について、あなた方はまだ何もコメントを出してない。科学の番人を自任しているおたくらが、自分たちに都合の悪いときだけだんまりを決めこむなんてことはないと信じてますがね」

「今――」と蓮見が口を開いた。ほとんど抑揚をつけずに言う。「仲間の医学研究者たちに、論文の内容を精査してもらっているところだ。いずれ、それを踏まえてコメントを出す。それにしても、宇賀神さん」

蓮見の声にようやく感情がこもる。怒りでもあきれでもなく、純粋な疑問だ。

「あなたはそんなことを言うために、わざわざここを訪ねてきたのかね？」

「いや」宇賀神は肩をすくめた。「今言ったのは余計なことです。本当は、この論文が出てあなた方がどんなツラをしているか、見にきただけですよ。お邪魔しました」

宇賀神はそう言うなり立ち上がり、出入り口へ向かう。圭は慌てて蓮見に「すみません」と頭を下げ、あとを追った。

廊下で追いつくと、なじるように言った。

「ほんとに何しに来たんですか。あれじゃただの嫌がらせですよ」

無視して大股で進む宇賀神に、以前からの疑問をぶつける。

「先生はいつも蓮見先生たちに冷たくあたる。初対面のときからそうでしたよね。疑似科学批判をしている人たちがそんなに気に入りませんか。なぜなんです？」

宇賀神は前を向いたまま答える。

「嫌いだからだ。偉そうだからだ。鼻につくからだ」

「それだけ？　めっちゃ感情的な理由じゃないですか」

「感情的でどこが悪い。自分の研究以外のことを、理性的に判断する必要があるのか？　俺の理性は有限なリソースなんだ。そんなくだらないことに割いてられるか」

屁理屈ではかなわない。あきらめて矛先を変えた。

「それにしたって、今日の先生はやっぱり変ですよ。疑似科学批判に興味はないみたいなことを言ってたのに、あの論文にはやけにこだわってるというか――ムキになってる。どうしてですか」

宇賀神が急に足を止めた。不機嫌な顔をこちらに向け、丸めて握っていた論文を掲《かか》げる。

「この論文は――」と言いかけて、短く息をつき、きつく口を結んだ。

「その論文が、どうしたんです？」

宇賀神は、答える代わりに圭をひとにらみし、また歩き出した。

＊

三月二十二日
いよいよ、わたしの運命の療法探しが始まりました。
手軽に試せるのは、やはりサプリメントと漢方です。がんに効くキノコとして有名なアガリクス、海藻《かいそう》に多く含まれるフコイダン、そしてサメ軟骨《なんこつ》。漢方薬は、冬虫夏草《とうちゅうかそう》や霊芝《れいし》です。それらがすべて通信販売で買えるのですから、便利な世の中になりました。
お水も大事です。体の六〇パーセントは水でできているのですから、がん細胞に影響しないはずがありません。知り合いから「がんに効くすごい水がある」と聞き、飲み始めました。その名も「超濃度ミネラル水」。がんなどの現代病の原因はミネラル不足である、とおっしゃっているお医者さまがあるそうで、この水を飲み続けるだけで劇的な効果が得られるとのこと。飲み水やお料理にはもちろん、お風呂のお湯にも混ぜて使ったので、かなりの出費になってしまいました。

そんな生活を続けてひと月ほど経ったある日。何も言わずに見守ってくれていた主人と、初めて口論になりました。「サプリも漢方もナントカ水も飲んだらいい。だが、抗がん剤も合わせてやるべきだ」と言うのです。いつも穏やかな主人が声を荒《あら》げたのですから、それだけ心配してくれているということでしょう。ですが、わたしもそこだけは譲れません。自分が頑張れるやり方はこれしかないのだ、と涙ながらに訴えました。

実はその後、主人は一人でこっそりあの大学病院を訪ねたようです。わたしがそれに気づいていることを、主人は知りません。主人が主治医からどんなことを言われたのかはわかりませんが、それ以来、主人はあまりわたしのやり方に口をはさまなくなりました。

＊

田所の行きつけだという喫茶店は、昔ながらの洋食メニューが充実していた。

山小屋風の店内は、わけのわからない置物や雑貨だらけで雑然としているが、居心地は妙にいい。昼どきだけあって、城西教育大学の学生らしき客が数組いる。

田所からメールが届いたのは、昨日の夕方。緑人ネットの活動に参加した感想を訊いてきたのだ。こちらも一つ教えてほしいことができたと返信すると、一緒に昼食でもどうかと誘われた。

ドライカレーをスプーンで軽くかきまぜながら、田所が眉尻を下げる。

「それにしても、厄介なことになりましたねえ」

「え？」ナポリタンをフォークで巻く手を止めた。

「例の、VEDYの研究員が出した論文ですよ。お読みになりました？」

「ええ、ざっとですけど。思ったよりちゃんとした論文でした」

「ですよねえ。正直驚きましたよ。こないだの話じゃありませんが、科学の知識がある人間にもなかなかイチャモンがつけられないような内容だ」

「深海酵母がリンパ球にどう作用したかという記述がないのは気になりましたけど」

「彼らはこれ以上深掘りしない可能性が高いですよ。下手に研究を進めて、ボロが出ては困りますから。我々に見せつける印籠《いんろう》としては、あれで十分です。控えおろう、この論文が目に入らぬかーってね」

「なるほど」

「蓮見先生はどんな手を打つおつもりか……」田所は虚空に目をやった。「面倒なことにならなければいいんですが」

どういうことか訊ねようとすると、田所に先を越された。

「で、いかがでしたか。緑人ネットのイベントは」

「いやあ、いろんな意味で、新鮮な体験でしたよ」

圭はその日の様子をひととおり話して聞かせた。今度VEDY研究所の研究員を紹介してもらえることになったと言うと、田所は目を輝かせた。

「それはすごい。町村さんは、見かけによらず大胆というか、行動力がありますねえ」

「すごくなんかないですよ。たまたまそういう流れになっただけで」

「でも、深入りは禁物ですよ」たしなめるように言う。「怪しい新興宗教なんかと同じでね、ニセ科学問題でも、ミイラ取りがミイラになることがたまにあるんです。半端な知識だけでニセ科学団体に抗議しに行った人が、逆に説き伏せられて向こうについちゃう。まあ、町村さんなら大丈夫だと思いますが」

店員がお冷やを注ぎ足しにきてくれた。コップの中で音を立てた氷を見て、思い出した。

「そう、それで、田所さんに一つお訊きしたいことができたんです」

「ああ、そうでしたね」

「こないだのイベントのとき、緑人ネットのスタッフが参加者に向かって言ってたんです。水に〈ありがとう〉と書いた紙を見せて凍らせると、きれいな結晶ができる。〈ばかやろう〉と書いた紙を見せたら、汚い結晶になるって」

「水伝、ですね」田所が間髪をいれずに言った。

「水伝？」

「『水からの伝言』。二十年ほど前、そういうタイトルの写真集が出版されて、評判になったんですよ」

「氷結晶の写真集なんですか」

「ええ。〈ありがとう〉〈愛〉〈感謝〉などの言葉を見せた水は整った樹枝状《じゅし》の結晶になり、〈ばかやろう〉〈むかつく〉〈殺す〉といった言葉を見せると崩れた結晶になる。そんな話が写真とともに紹介されてるんです」

「まさしくそれだ」

「音楽バージョンもありましてね。結果は想像がつくと思いますが、クラシックを聴かせるときれいな結晶。ヘビメタを聴かせると崩れた結晶」

「ほんとにそんなのが評判になったんですか？　ちょっと信じられないんですけど」

「感動を呼ぶ写真集として、当時はベストセラーになりましてね。私も驚きましたよ。今や世界各国で翻訳されていて、シリーズ累計発行部数、数百万部とかって話です。まともな科学啓蒙書はまったく売れないってのにねえ」

「作者はどんな人なんですか？」

「そこなんですよ。作者は——故人ですが——波動ビジネスの親玉みたいな人物でしてね。彼の会社とそのグループは、波動測定器や波動グッズの販売とか、波動カウンセリングを商売にしています。ですから、もともと『水からの伝言』という本は、彼らの波動ビジネスの販促品だったわけですよ。いい話なんかじゃありません」

「そういえば、緑人ネットのスタッフも言ってました。言葉の持つ波動が深海酵母を活性化させるとか何とか」

「同じ理屈ですよ。その言葉に固有の波動が、水に作用して、結晶の形を決める。波動はもちろん、言霊のエネルギーとか、水に情報を転写するとか、作者の主張は典型的なニセ科学です。彼自身は、『水からの伝言』はファンタジーであり、科学ではないと言っています。今の科学でわかっていることはごく一部なので、今後科学的に証明されていくだろう、と。ニセ科学ではなく未科学だ、と逃げるパターンですね」

「なるほど」

「当然ながら、科学者サイドからは批判の声が上がりました。でも一方で、この話の普及に加担した研究者もいたんです」

「どういうことですか」

「ある国立大学の助手が、日本物理学会でこんな実験結果を発表したんですよ。水を入れたいくつかのビンに〈ありがとう〉と印字したテープを貼り、七日後と十四日後に水中の微量元素濃度を測定したところ、〈ばかやろう〉と貼ったビンの水にだけカルシウム濃度の変化が見られた。彼は、言葉の持つ意識エネルギーが元素の核変換を引き起こした、と主張しています」

「その人、大丈夫ですか？　国立大学の教員なんですよね？」

意識エネルギーなどというわけのわからないもので簡単に核変換が起きるとなっては、一大事だ。まともな科学者の説明とはとても思えない。当たり前だが、再現実験をしようという研究者はいないだろう。

「ちゃんと工学の博士号をもった人物ですが、『水からの伝言』の作者の仲間だったようですね。発表の共著者に、彼の名前が入っています」

「聴衆はどんな反応だったんでしょうか」

「笑い声が絶えなかったと聞いています。まあ、そういう態度もどうかと思いますが」田所が苦笑いを浮かべる。「質疑応答では、これは科学と言えるのか、という質問が飛んだ」

「そりゃそうですよね」

田所は息をついた。「プロの科学者にもそんな人間がいるぐらいなんです。科学に疎《うと》い人々が『水からの伝言』を信じ込んでも仕方がない。子どもたちならなおさらです」

「そう、お訊きしたかったのは、子どもたちのことなんですよ」圭は前のめりになった。「イベントのとき、僕のとなりにいた小学生が、『水からの伝言』の内容を授業で習ったって言ってたんです。そんなこと、あり得ます？」

田所の表情がくもった。うめくようにして言う。

「まだそんなことをやっている教師がいるんですねえ」

「ということは、やっぱり……」

「一時期、『水からの伝言』を使った道徳の授業が、全国の学校に広まったんです。大きな教員の団体が、これを使った指導案をウェブサイトで紹介しましてねえ」

「どんな授業なんですか」

「まず、『水からの伝言』に載っている結晶の写真を子どもたちに見せて、言葉には結晶の形を変えるほどの力があることを説明します。人間の体の大部分は水でできているので、言葉は人間の体にも影響を与える。だから、友だちには汚い言葉、乱暴な言葉を使ってはいけない、と教えるわけです」

「なるほど。ある意味、よくできてますね」

「そうなんですよ。だから広まってしまった。そのうちに、派生バージョンもいろいろ生まれましてね。一ヵ月間きれいな言葉をかけ続けたりんごと、罵声《ばせい》をあびせ続けたりんごを比べると、罵声をあびせたほうだけが腐《くさ》っている、とか。ごはんを使った例もあります。現場の先生方も、道徳の授業をなんとか面白くしようと知恵を絞ってるんでしょうけどねえ」

「絞る方向が間違ってますよね」

ニセ科学への道は善意で舗装されている――。先日の羽鳥のTシャツの言葉をあらためて噛みしめる。もちろん教師たちには微塵《みじん》の悪意もない。波動ビジネスについても知らないはずだ。純粋に、子どもたちの心により響く題材を、と考えてのことだろう。とはいえ、そのためには科学的な正しさをないがしろにしても構わないという神経には、やはりうすら寒いものを感じてしまう。

田所が皿に残った米粒を器用にすくった。「もう十年以上前のことですが、知り合いの子どものクラスでその授業がおこなわれていましてね。一部の保護者から、おかしいんじゃないかと声が上がった。私、理科教育を専門にしているものですから、その知り合いに頼まれましてね。彼らと一緒に担任のところへ直談判《じかだんぱん》に行ったんです。校長もまじえて話をすることができたんですが、校長、何て言ったと思います？」

「何だろう……そんな授業が行われているなんて知りませんでした、とかですか」

「それならまだよかったんですがねえ」田所は力なく微笑んだ。「そこの校長、『理科の授業ではないんですから、問題ないんじゃないですか』と言ったんですよ」

さすがにため息がもれる。「――救いようがないな」

「私がニセ科学問題に取り組むようになったのは、実はその出来事がきっかけなんですよ。それで、同じような問題意識をお持ちだった蓮見先生と知り合って」

「そういうことだったんですね」

「『水からの伝言』はかなり下火になりましたが、ＶＥＤＹは今なお教育現場にはびこっています。いとこさんの小学校のように、ＶＥＤＹボールを川に投げ入れさせているところもあれば、ＶＥＤＹ－Ωを使って子どもたちにプールの清掃をさせているところもある」

「やっぱり、緑人ネットのような団体が関わっているんでしょうか」

「ですね。ＶＥＤＹ傘下の団体が、学校や自治体に積極的に働きかけてるんですよ。ここの学校でもやっている、あそこの市でもやっていると言われると、つい疑いもなく受け入れてしまうんでしょうねえ。しかも、ＶＥＤＹ資材は無償、指導もボランティアときてる」

「子どもたちにもできる活動だというのも、大きいんでしょうね」

「先生方は環境教育をしてるつもりなんでしょうが、逆効果だと言わざるをえません。ＶＥＤＹをまいても環境浄化にはなりませんし、そもそも、ニセ科学が背景にあるものを教材に使うこと自体が問題です。子どもたちの科学に対する理解がゆがめられてしまう」

食後のコーヒーが運ばれてきた。それをひと口すすった田所の表情が、明るさを取り戻す。こちらを真っすぐ見つめて、「それはさておきね」と言った。

「私、本当にうれしいんですよ。町村さんのような若い方に、ニセ科学問題に興味をもっていただいて。若い世代の意識を変えていくことが、何より大事ですからねえ。町村さんのような人が増えていってくれたら、未来は明るい」

屈託《くったく》のない田所の笑顔を見て、胸が痛んだ。

＊

「そんなボランティア体験を経て、深海酵母に無限の可能性を感じておりまして――」

さっきから同じような台詞ばかり繰り返している。人事課の係長はその度にうなずいているが、主任研究員のほうは聞いているのかどうかもわからない。そろそろ五時になるせいか、時計ばかり気にしている。

ここはＶＥＤＹ研究所の小さな会議室。訪問は二度目になるが、誰かに見とがめられるようなことはなかった。土壌環境研究ユニットの主任研究員に話を聞くだけと思っていたのに、どういうわけか本部棟からきた採用担当の係長もまじえての面談になった。先方は一次面接のつもりなのかもしれない。

圭の話を聞き終えると、係長は満足げに微笑んだ。

「いや、熱意は大変よくわかりました。すでに緑人ネットさんで活動されているということですし、学歴も申し分ない。弊社としても、ぜひこのご縁を大事にしたいと思っておりますよ」

「ありがとうございます」頭を下げた。

「場合によっては大学院を中退しても、というお話でしたが――」係長は同意を求めるように隣の主任研究員を見やる。「ちょっともったいないような気もしますよね」

「ああ、修士号ですか」主任研究員はあくびを嚙み殺して言う。「まあ、ここで仕事をする上では、どっちでもいいんじゃないですか。私も学部卒ですし」

「正直、給与も大学院卒だから大幅に増えるというわけではないんですよ」係長が苦笑いを浮かべる。

話が具体的になってきたので、少し踏み込んでみることにした。

「最終的には、鍵山所長の面接を受けることになるんでしょうか」そんな場で美冬の話を持ち出せるわけもないが、会えるに越したことはない。

「どうでしょう。うまくタイミングが合えば、ですかねえ」係長は言った。「所長は大変お忙しい方なので」

「研究所にはあまりいらっしゃらないんですか？」

「ええ、滅多《めった》に。何せ、日本中を飛び回っていらっしゃるので」

「そうですか……」

あからさまに声のトーンを落としたせいで、係長が怪訝な顔をした。慌てて言い足す。

「いや、ちょっと残念だなと思って。僕、鍵山所長を尊敬してるんです」

係長はまた頰を緩め、納得したように「なるほど」とうなずいた。

結局、中退するかどうかもう一度よく考えてみるということで、面談は終わった。

係長らと会議室で別れ、一人玄関ホールまでくると、壁の掲示物に目が留まった。入ってきたときは気づかなかったが、例の論文の宣伝ポスターが一番目立つところに貼ってある。

〈科学史上の快挙！　篠宮上席研究員がＶＥＤＹの抗がん作用を実証！〉――と派手な文字が躍っている。

立ち止まってそれを眺めていると、廊下のほうから「あらら？」と女性の声がした。あのおしゃべりなパートの実験補助だ。

「誰かと思えば、いつかのイケメン君じゃない。今日も納品？」帰宅するところらしく、バッグを肩にかけている。

迷ったが、今後のことも考えて、今日は面接に来たのだと正直に伝えた。女性はひとしきり驚いたあとで、言った。

「まだ学生さんだったんだね。マカベ理化さんの新入社員かと思ってたわよ」

「いや――」とっさに言い繕う。「こないだのあれは、インターンシップでして」

「インター……何？」女は首をひねる。「よくわかんないけど、就職するなら、納品するよりされる側のほうがいいに決まってるわよ」

「ですよね」と作り笑いを返しながら、思い出した。宇賀神から、チャンスがあれば例の論文について情報を集めてこいと言われていたのだ。

「それにしても」ポスターを指さした。「この論文、すごいですね」

「やっぱりそうなの？　上のほうは大盛り上がりみたいだけど、うちのユニットなんかしらけたもんよ。関係ないもん」

「関係ないって……論文を書いた篠宮って人、ここの研究員でしょ？」

「一応はね。篠宮さんは、研究所でただ一人の上席研究員。ま、副所長格だわね。だから研究ユニットには属してないの」

「へえ、優秀な人なんだ」

なぜか女が吹き出した。「違う違う。鍵山所長の親戚なのよ。甥《おい》っ子だか、いとこの子だか。ＶＥＤＹ創業時からいるから、古株よ。古株といっても、まだ三十代だけど」

「ふうん、所長直属の特命研究員ってとこですか」

「特命ねえ。会社のお金で留学までさせてもらってさ、遊んでるようにしか見えないけど」女は肩をすくめた。「でも、そんな古株は、もう彼だけになっちゃった。もう一人、陰気な感じの技術者がいたんだけど、一、二年前に所長と喧嘩して辞めちゃったから」

「へえ――」そんな人物がいたというのは重要な情報だ。ＶＥＤＹに良い感情を持っていないとすれば、内部事情を聞き出せるかもしれない。

「うちでその次に古いのは、誰だと思う？」女性が訊いてくる。

「さあ。ユニットリーダーの誰かですか」

「あたし」女性は得意顔で丸い鼻を指さした。「パート歴だけは長いのよ。なんせ――」

話を逸らされそうになったので、「ちょっといいですか」と引き戻す。

「さっきの、所長と喧嘩して辞めたって人、お名前は？」

「名前？　金谷《かなや》さんていうんだけど。下の名前は忘れた」

「今どこで何をされているか、ご存じですか？」

「確か、府中《ふちゆう》のほうでリサイクルの会社を始めたって聞いたけど。なんで？」

「えっと……ほら、僕、就活中なので。関連企業の情報なら何でも欲しいっていうか」

あとは笑ってごまかした。


翌朝、宇賀神のオフィスに呼び出されると、見知らぬ客がいた。グレーの背広を着て、髪をきっちり横分けにしている。互いに会釈を交わす横で、宇賀神が言った。

「静岡文理大学の林《はやし》教授だ。海老沼教授のお弟子さんだよ」

「ああ、例の――」海老沼と最後にコンタクトをとったという一番弟子だ。

「ちょうど研究会で上京してらしたので、ご足労願った」

「お邪魔しています。いい機会だし、高名な宇賀神先生のラボを見学させていただこうと思いましてね」

ずっと年上の林のお世辞にも、宇賀神は謙遜《けんそん》するそぶりすら見せない。

林も今きたところらしい。圭が部屋の隅でコーヒーを淹れている間に、話が始まった。

「私が海老沼先生のもとで博士号をとったのは、もう三十年近く前です。先生はちょうど教授に昇格されたばかりでね。まだ四十代と若かったですし、口数は少ないながらも、自分にも学生にも厳しい学究という感じでした」

「一度お会いしたときは、温厚な方という印象を受けましたが」宇賀神が言う。

「一生懸命勉強しろとか実験しろとか、そういう厳しさではないんです。科学的な手続きとかデータの取り扱いに、とにかく厳しい。とくに実験ノートのとり方は、徹底的に叩き込まれました」林は苦笑する。「今は私が同じことを学生たちに強制して、煙たがられてますよ」

「そんな話を聞くと、海老沼教授がなぜVEDYなんかに入れ込んだのか、ますますわからなくなりますね」

「まったく」林が深くうなずく。「私は学位をとってすぐ富山を離れたので、先生とお会いするのは年に数回になりました。会う度に性格が丸くなったように感じましたが、それはまあ普通のことで。北陸理科大を定年退職されたのが、ちょうど十年前の三月。先生の様子が明らかに変わったのは、その一年ぐらい前からかな」

「どう変わったんですか」

「欠かさず参加していた学会や研究会に、出てこなくなったんですよ。心配になって富山まで訪ねていくと、先生はお元気で、むしろ妙に明るくてね。そのときに、鍵山という男を紹介されたんです」

「新しい共同研究者として、ですか」

「いや、ビジネスパートナーという感じでした。『定年後は、この人と深海酵母の会社をやろうと思っているんだ』と」

「会社を始めるというのは、林先生にも初耳だったわけですね？」

「ええ。違和感を覚えましたね。先生はずっと研究一筋で、商売っ気なんてこれっぽちもなかったですから。鍵山という男に騙されているんじゃないかと思いましたよ」

「鍵山は当時どこで何の研究をしていたんでしょう？」

「『わざわざ東京から来てくださってるんだよ』とはおっしゃいましたが、詳しいことは聞かなかったと思います。『鍵山さんは微生物材料の商品化に詳しいから』とも言っていたので、東京でそういう企業に勤めていたのかもしれない」

「海老沼教授が鍵山と知り合った経緯については？」

「それもわからないんですよ。確か、『奇縁があってね』などとおっしゃっていた記憶がありますが、それ以上のことは」

「奇縁――」宇賀神は眉をひそめてあごをなでた。

「先生はその前年に奥さんを亡くされていましてね。寂しさもあったんでしょう。それからはもう鍵山にべったりで、起業の準備にのめり込んでしまわれた」林の声に口惜しさがにじむ。「先生とはだんだん連絡をとるのも難しくなってきて、我々弟子たちは先生の退職記念パーティさえ開けなかったんです」

コーヒーを運んできた圭は、「それは相当ですね」と口をはさんだ。大学教員が定年を迎える際は、研究室のOBとOGが勢ぞろいして盛大なパーティを催すのが習わしなのだ。

「開業資金にしたのでしょうが、ご自宅まで売り払ってしまわれてね」

「家族と絶縁状態になったのは、もしかしてそれが原因ですか」宇賀神が言った。

「おそらく」林があごを引く。「本格的に事業を始めてからのことは、まあご想像どおりですよ。先生はアカデミックな世界から完全に離れてしまった。研究者仲間もみんな先生を見限りましたが、私だけはね。やっぱり、恩義がありますから。といっても、年に一、二回、電話で近況報告をしていただけです。連絡をとる術《すべ》は先生の携帯しかなかったので」

「去年の夏の時点では病院に入っていたということでしたが――」圭が言った。「海老沼教授が認知症だというのは、確かなんですか？」

「間違いないと思いますね。亡くなった私の母が認知症で、受け答えがそっくりでした。話の要領は得ないし、同じ質問を何度も繰り返す。私のことを学生扱いしたかと思えば、次の瞬間には別の人間と取り違えている。入院しているのは確かなようでしたが、場所は富山だと言ったり東京だと言ったり。どうしようもないので、あきらめて電話を切りました」

「それ以来、電話はされてないと」

「いえ、翌週にもう一度かけたんです。認知症というのは調子のいい日と悪い日がありますから。ですが、つながらなかった。この電話番号は現在使われていない、というアナウンスが」

「VEDYの連中が携帯を取り上げて、解約したんでしょうね」宇賀神が言った。

「たぶんそんなところでしょう」

林は沈んだ声を出すと、うつむいてコーヒーをすすった。宇賀神は前かがみになり、見上げるようにして訊く。

「林先生は、桜井美冬という女性をご存じですね？」

「桜井——海老沼研にいた桜井さんですか」

「そうです」

「何度かお会いしたことはありますが、よく知っているわけではありません。彼女がどうかしましたか」

宇賀神はこれまでの経緯を簡単に説明した。林は、どう受け止めていいかわからないという顔で、黙って聞いていた。

「——桜井美冬がVEDY研究所に入ったのは、今年の春です。常識的に考えれば、彼女の研究所入りには海老沼教授が深く関わっているはずだ。ところが、林先生のお話によると、そのとき教授はすでに認知症を患って入院していたことになる」

「確かにそうですね……」難しい顔をしていた林が、急に身を乗り出した。「ただ、そのお話を聞いて、一つ思い出したことがあります。もしかしたら、桜井さんはかなり初期の段階からVEDYに関わっていたのかもしれない。おそらく、十年前の立ち上げ時から」

「どういうことです？」宇賀神の表情が一瞬で曇る。

「実は、海老沼先生が大学を退職されたとき、オフィスを引き払うお手伝いに富山まで行ったんです。一人でお困りだろうと思いましてね。一緒に部屋を片付けながら、私は、パーティが開けなかったことを詫《わ》びました。すると先生がこうおっしゃったんです。『いや、私はいい弟子に恵まれたよ。君といい、桜井さんといい』」

眉間のしわを深くした宇賀神が、あごに手をやった。

林は続ける。「私は、『桜井さんというのは、以前ここにいた女子学生のことですか？』と訊きました。先生はうなずいて、『今、私がこうして新しい道へ進めるのも、彼女のおかげだよ』と」

「どういう意味ですか」宇賀神の声が珍しくうわずっていた。

林はかぶりを振る。「それ以上は何もおっしゃいませんでした。私は深く考えることもなく、孤独になった先生のことを彼女が何かと気づかってくれたのだろう、という風にしか思わなかった」

宇賀神は落ち着かない様子であごを撫で続けていた。明らかに動揺している。

戸惑っているのは圭も同じだ。もし美冬が本当にＶＥＤＹ立ち上げ時からそこに関わっていたとすれば、これまでの前提が大きく揺らぐことになる。美冬のＶＥＤＹ研究所入りは彼女の本意によるものではない、という大前提が――。

「でも――」圭はたまらず宇賀神に確かめる。「美冬さんは、その何年か前に海老沼研を出ていっているんじゃ――？」

「そうだ」宇賀神は自らを励ますようにうなずいた。「美冬は、海老沼教授が定年退職する三年前に彼のもとで修士課程を終え、東都大に移っている」

「ですよね」

「俺の知る限り、東都大時代の美冬が頻繁に富山に帰っていたなどという事実はない。もちろん電話やメールのやり取りまでは把握していないが」

「彼女がＶＥＤＹについて何か言っていたことは――」

林が言い終えないうちに、宇賀神は荒っぽく言葉をかぶせた。

「あいつはＶＥＤＹのべの字も口にしたことはありませんよ」

林教授が帰っていくと、宇賀神は脱力したように革張りの椅子に腰を沈め、ヘッドレストに頭をあずけた。唇を歪めたまま、半分閉じた目を天井に向ける。宇賀神が二日酔いのときに見せる表情と同じだ。

「――大丈夫ですか？」さすがに心配になって、声をかけた。

「まったく……ろくでもない話が次々出てきやがる」宇賀神がうめくように言う。

「次々？　他にも何かあるんですか？」

宇賀神は自らに鞭《むち》打つようにして体を起こした。「ちょっと来い」と言って、机の上の書類に手を伸ばす。手渡されたのは、ＶＥＤＹの上席研究員、篠宮による例の論文だった。最初のページの一部に、赤線が引いてある。

「何ですか、このアンダーライン」論文の序論――読者に予備知識を提供し、問題提起をおこなう部分――にある、二行ほどの文章だ。先行研究を紹介している箇所《かしょ》で、とくに問題があるようには見えない。

宇賀神は、書類の山の上から別の色あせたコピーをつかみ取り、圭の面前に突きつけた。「これと比べてみろ」

やはり一ページ目の中ほどに、アンダーラインが付されている。二つの論文を並べてそこだけ見比べると、一字一句同じだった。

「まったく同じ文章ですね。これも篠宮が書いた論文ですか」

訊きながら著者名を確認して、思わず「あれ？」と声が漏れた。筆頭著者は、

〈Mifuyu Sakurai〉――。

「美冬さんの論文？」

「出版されたのは三年前。海洋酵母の代謝特性に関する論文だ。美冬が当時勤めていた横浜の大学での仕事で、もちろんＶＥＤＹとは何の関係もない」

「これって、偶然……なわけないですよね」

「次のページを見ろ。実験方法の章にも、まったく同一の部分が二箇所ある」

二つの論文のページをめくると、やはりそこに赤線が引かれていた。「ほんとだ。でも、なんでこんなこと――」

「決まってる。どっちも美冬が書いたからだ」

「ちょ、ちょっと待ってください」さすがに混乱した。篠宮の論文を掲げて訊き直す。「これを書いたのは篠宮じゃなくて、本当は美冬さんだって言うんですか？」

宇賀神はうなずいた。「美冬は以前に書いた原稿から、いくつかの文章を流用したんだ。自分の文章を使い回しているんだから、別に悪いことじゃない」

「そんな……」まだ信じられない。「そう、篠宮が美冬さんの論文からコピペした可能性だってあるじゃないですか」

「いや、俺にはわかる」宇賀神は断言した。「美冬はあまり英語が得意じゃない。だから、あいつが論文を書いたときは必ず、投稿前に俺が添削《てんさく》してやった。俺は、美冬が書く英文のクセを熟知している」

　宇賀神は圭の手から荒っぽく篠宮の論文をつかみ取った。

「だから、初めてこれを読んだとき、すぐに気づいた。美冬の英語のまずいところが随所にあらわれているし、俺が教えてやったスマートな表現があちこちに使われている。過去に美冬が書いたのと同じ文章がないか探したら、案の定だ。俺だって信じたくはない。だが、この論文を書いたのは、篠宮とかいう男じゃない。美冬だ」

「でも……だとしたら、なんで篠宮の名前で――」

「知るか、そんなこと」

　宇賀神はそう吐き捨てると、背もたれをきしませた。

III

あれからというもの、宇賀神の機嫌は最悪だった。

無理もない。美冬が十年前のＶＥＤＹ立ち上げに関わっているという林教授の推測。さらには、篠宮論文を書いたのは実は美冬だという宇賀神の主張。あくどいＶＥＤＹの手に落ちた悲劇の研究者——そんな美冬像を再考せざるを得ないような話が、二つも出てきたのだ。

それが常に宇賀神をいら立たせているらしい。講義資料のコピーが薄すぎるといっては怒鳴られ、コーヒーが濃すぎるといっては罵られた。

だから、二日前に宇賀神がアメリカに向けて旅立ったときは、心底ほっとした。彼は今、サンフランシスコで開かれている国際学会に参加している。今年活躍した若手研究者に贈られる学会賞を受けることになり、授賞式と記念講演会に出るのだ。

今回の賞は、宇賀神がこれまで受けてきた数々の賞の中でも、もっとも権威あるものだ。美冬のことさえなければ、うきうき顔で出発しただろう。成田《なりた》空港までトランクを運ばされたが、宇賀神はしかめ面のまま搭乗口に消えていった。

宇賀神が不在でも、羽をのばしてはいられない。林教授の推測を確かめる意味でも、VEDY創業期のことを知る必要が出てきた。

幸い、当たってみる価値のある人物はいる。研究所でパートの実験補助から聞いた古株の技術者――鍵山所長と喧嘩別れした金谷という男だ。そのことを宇賀神に伝えると、すぐ探し出して会いに行けと命じられた。

〈金谷、府中市、リサイクル〉で検索をかけると、その会社はすぐに見つかった。それもそのはず、社名は「金谷エコリサイクル」。ウェブサイトによれば、土のリサイクルをしているという珍しい会社だった。

京王《けいおう》線に揺られて中河原《なかがわら》駅で降り、多摩川まで出る。スマートフォンの地図を頼りに川沿いの道をさらに十五分ほど行くと、目的の番地にたどり着いた。さっき電話で約束をとりつけたとき、看板などは出ていないと金谷が言っていた。道路から敷地をのぞくと、奥にプレハブの工場のような建物が見える。

建物に近づくと、シャッターの上がった出入り口から男が出てきた。つなぎの作業着に身を包み、黒い土を山盛りにした一輪車を押している。

「すみません、先ほどお電話した町村という者ですが、社長さんは――」

男は足を止め、キャップのひさしを上げた。「思ったより若いな。学生か」

「大学院生です」

どうやらこの男が金谷らしい。年齢は五十前後か。

「学生だったら、こんなことより、勉強なり研究なりしてたほうがいいんじゃないのか」

「え？」いきなりのことに、たじろいだ。

「仲間なんだろ。羽鳥とかいう若いやつの」

「羽鳥さんて、東都工科大の？あの人もここへ来たんですか」

「だいぶ前だけどな。寒い時期だったから、一月か二月だ」

初耳だった。蓮見たちもＶＥＤＹの情報を集めているわけだから、来ていてもおかしくはないが――。

金谷は、建物の前に広げたブルーシートの上に一輪車の土をあけた。

「俺なんかから二回も話を聞き出して、ＶＥＤＹ叩きか。そんなことをいくら続けても、無駄だと思うがな」

「無駄って――どういう意味でしょうか」

金谷はシャベルを握り、土を平らにならし始める。「もしＶＥＤＹをつぶすことができたとしても、同じようなものが名前を変えて出てくるだけだ。なぜかわかるか」

「いえ……」

「人々が求めるからだよ。VEDY的なものを」

ふと、亜希の顔が浮かんだ。金谷はシャベルを動かす手を休めずに続ける。

「このご時世、誰もが仕事に追われ、子育てに悩み、家事や介護に疲れて生きている。どうにかその日を乗り切るだけで精一杯だ。長生きすることに必死になる一方で、病気に悩む人間も増えている。あんたはどれにも当てはまらないか」

「そんなことはありませんけど……」

「普通に暮らしているだけで、嘘か実《まこと》かわからない情報が絶え間なく目と耳に流れ込んでくる。企業やメディアはやたらと不安を煽り、あれを買え、これが要ると商売に必死だ。もうたくさんだ。考える気力なんか残っちゃいない。誰か、これさえあれば大丈夫と言ってくれ。すべてうまくいくと安心させてくれ。そう思ってしまうのは、果たして怠慢か？」

「……正直、わかりません」

「ほとんどの人間は、あんたら学者のように、深く考えることを職業にしているわけでも、学ぶことを習慣にしているわけでもない。そういう人間たちでも、これはインチキかもしれないと頭の隅ではわかっている。わかっていても、心が欲するほうを選ぶんだ。それを選ぶ理由を自分で探し出しちまうんだよ。そういうことも理解せずに、愚《おろ》かな人々を啓蒙してやろうなどと思い上がっているうちは、何をやっても無駄だ」

「——そうかもしれません」目を伏せて言った。

媚びたわけではない。金谷の言葉には、確かに胸に響くところがあった。圭自身は、誰かを啓蒙しようなどと考えたことはない。だが、科学的とはいえない人々の心の内に思いを寄せたことのなかった自分に、彼らの選択をとやかく言う資格はない——。

金谷が手を止めた。立てたシャベルの持ち手に両手をのせる。

「鍵山という男は、それを芯から理解している。長い間、人の心のすき間につけこんで商売をやってきたプロだからな」

「商売？　研究者とか技術者とかではないんですか？」

「海老沼会長と事業を始める前は、日野《ひの》のほうで小さな健康食品の会社を経営していた。自分で考え出した胡散臭い商品を、その辺の町工場で安く作らせ、ありもしない効能をうたって高く売りさばく」

「——そうだったんですか」

「インチキだから、当然悪評が立つ。訴えられたりもする。だが鍵山は、そのたびに社名を変えて、商売を続けていたらしい」

「その話は、誰に？」

「鍵山の会社で長いこと雑用をしていた女だ。ＶＥＤＹの会社を始めてからも、しばらくアルバイトに来ていた」金谷はそこで顔をゆがめ、吐き捨てるように言う。「鍵山自身には何の知識も技術もない。あるのは人を騙すノウハウだけだ」

「でも、鍵山はＰｈＤを――海外の博士号を持ってますよね？」

「博士号か」金谷が鼻で笑う。「大学を出たかどうかも怪しいもんだ。ＶＥＤＹが軌道に乗り始めて研究所を作り、そこの所長におさまると、急に学者づらをするようになった。『博士』を名乗り始めたのもそのころだ。博士号なんてものは、きっとどうとでもなるんだろうよ」

「どうとでもなるとは？」

「知らんよ、カラクリまでは」

「そんな鍵山を、なんで海老沼会長はパートナーにしたんでしょうね」

「二人が知り合った経緯は知らない。海老沼会長は、大学を定年退職した春に富山から上京して、鍵山と二人で『株式会社ＶＥＤＹ』を興《おこ》したとだけ聞いている。ＶＥＤＹ振興機構の前身だよ。で、その夏に初めて社員が二人雇われた。俺がその一人だ」

「金谷さんは、それまで何を？」

「農業資材メーカーで、有機肥料や土壌改良剤の開発を担当していた。海老沼会長が会社を見学しにきたことがあって、俺が工場を案内した。そのあと会長から直接電話があって、ＶＥＤＹに誘われた」

「ヘッドハンティングですか」

「そんなかっこいいもんじゃない。俺なら余計な口をきかないと思っただけだろう」

金谷はこめかみの汗をぬぐい、続ける。「そのときに入社したもう一人が、篠宮だ」

「研究所の上席研究員ですね」

「鍵山のいとこの息子だそうだ。どこぞの薬科大学を卒業したんだが、薬剤師の国家試験に落ちて、就職もせずにふらふらしていたらしい。鍵山が東京に連れてきて、ＶＥＤＹに放り込んだ。ろくに薬品の知識もない、甘ったれた若造だったが、小ずるいところだけは鍵山に似ていたよ。事務仕事も満足にこなせなかったのに、今や研究所のナンバー２だからな」

金谷は再びシャベルを握り、勢いよく土に突き立てた。その荒っぽい態度が逆に、訊ねるきっかけをくれた。

「金谷さんがＶＥＤＹを辞めた理由も、鍵山なんですよね？」

「俺は、海老沼会長に声をかけられた当初から、農業資材としての深海酵母に可能性を感じていた。『万能』などとバカなキャッチコピーをつけたのは鍵山だが、土壌改良に限っていえば十分期待が持てたんだ。ＶＥＤＹ－Ωを使った試験でも、効果が現れた例がいくつもあった。課題は、常に効果を上げるための条件を探ることだった。

だが海老沼会長と鍵山は、健康食品としてのＶＥＤＹに、もっというとＶＥＤＹの薬効にこだわっていた。当たり前だが、病気に効きます、治りますと大っぴらにうたうと薬機法違反になる。だから鍵山は、会社本体ではなく、傘下の民間団体や個人にその宣伝文句を言わせる手法をとった」

「確かに、公式サイトでは『生命の根源的な力を呼び戻す』という程度の表現にとどめていますよね」

「俺は口出しはしなかった。売り方は感心しないが、研究を進める価値はあるのかもしれないと思っていたからだ。鍵山とも篠宮ともそりが合わなかったので、俺は医療分野には関わらないと宣言して、一人で土壌改良の研究に集中した。ところが、二年ほど前だ。海老沼会長が体調を崩して、表に出てこなくなった」

「重い病気ということでしょうか」そ知らぬ顔で訊いてみた。

「わからない。俺はそのときすでに会長から遠ざけられていたからな。会長のとりまきは鍵山の息のかかった連中ばかりで、俺のことを毛嫌いしていた」

金谷は自嘲した口もとをすぐに引き締める。

「会長がいなくなると、鍵山の暴走が始まった。ＶＥＤＹで放射能の除染ができる、うつ病が治る、世界が平和になる、波動だのオーラだの、何でもありだ。ここまできたら、もう同じ組織にはいられない。俺は所長室に押しかけて、『いい加減にしろ、この詐欺師が！』と怒鳴りつけてやった」

金谷は「それで終わりだ」と手をはたいた。ブルーシートの黒い土を指差して続ける。

「今は真逆の仕事をしている。土に何かを加えるのではなく、引く仕事だ。ガーデニングや家庭菜園、小規模農場などで不要になった土を回収して、農薬や化学肥料を取り除き、再生する」

「なるほど、それが土のリサイクルですか」

「まだまだ儲けは少ないが、工場を建てるのに借金もつくったし、踏ん張らないとな」

ただ気難しそうだった金谷の横顔に、ほんの少し穏やかさが戻った気がした。だが、まだ肝心なことを訊いていない。

「金谷さんは、桜井美冬という女性をご存じではないですか」

「桜井——知らないな。誰だ」

「海老沼会長の教え子です。北陸理科大時代の。ＶＥＤＹの開発にそういう女性が関わっていたという話を聞いたことはありませんか」

「ないな」

「——そうですか」ほっとしつつも、あっさり否定されるとさすがに徒労感を覚える。

「VEDYは会長が独自に考案して、鍵山が製品化したと聞いているが、違うのか」

「いえ、基本的にはそうだと思うんですが」

金谷がシャベルを一輪車に載せたのを機に、いとまを告げることにした。礼を述べようとして、思いついた。

「すみません、最後にもう一つだけ。羽鳥さんは、ここへ何を訊きにきたんでしょうか」

「いろいろ言ってたが——確か一番しつこく訊かれたのは、篠宮のことだ」

「篠宮……」例の論文が出たからか？　いや、違う。論文が出たのはつい最近。羽鳥がここを訪れたのは半年以上前のことだ。

「やつが、どういう経歴の、どういう人間か。訊かれても、さっきあんたに言った以上のことは、俺も知らない」金谷はキャップを深くかぶり直した。


枕もとでスマートフォンがしつこく震え、目が覚めた。寝ぼけまなこを無理やり開き、画面に目を凝らす。宇賀神からの着信だ。

「——はい」かすれた声で電話に出た。壁の時計に目をやると、午前五時十分。

「俺だ。メールは読んだ」

寝る前に送ったメールのことだ。金谷への聞き取りでわかったことを、残らず報告しておいたのだ。

「少しは時差のことも考えてくださいよ。こっちはまだ朝五時ですよ」

「そんなことはお前が考えておけ」宇賀神はわけのわからない反論をして、早口で続ける。「今、午前のセッションが終わって、これから学会のお偉方とランチに出なきゃならん。時間がないんだ。よく聞け」

「はあ」

「学会が終わったら、スタンフォードに行くことにした」

「ああ、なるほど」スタンフォード大学は、美冬がいた大学だ。

「だから帰国を一日遅らせる。講義が一つ入っているが、休講にする。教務課に行って手続きをしておけ」

「わかりました」

「お前は、鍵山についてもっと調べてみろ。どこの大学でいつ博士号をとったかも含め、あの男の過去を探れ」

「え——」どうやって、と言いかけてやめた。無駄な質問だ。

「覚えてるか。海老沼教授は、『奇縁があって』鍵山と知り合った、と言った」

「ああ、林先生がそうおっしゃってましたね」

「それがどうしても気になる。ＶＥＤＹ創業のキーパーソンは何といっても鍵山だ。

過去を洗い出せば、鍵山と海老沼教授が知り合った経緯がわかるかもしれん。場合によっては、どこかで美冬との接点が出てこないとも限らない」

＊

三月二十八日

その次に始めたのが、あの有名な「ホメオパシー」。その発祥は十八世紀末にまでさかのぼります。ドイツのハーネマンというお医者さまが、「ある症状を引き起こす物質は、その症状が出る病気を治すことができる」ということに気づき、その物質をうすめて患者に与えるという治療法を考案したのです。

ホメオパシーで使う薬のことを、レメディと呼びます。植物や鉱物の成分を極度に希釈した溶液を、砂糖玉にしみ込ませたものです。典型的には、百倍にうすめる作業を三十回繰り返します。ホメオパシーに批判的な人たちは、ここまで希釈すると、もとの物質がまったく残っていないはずだと主張します。

でも、残っていなくていいのです。なぜなら、その成分の情報を、水が記憶してくれているから。そのメカニズムは、波動の転写や水分子のクラスター化で説明できるといいます（もちろんわたしに専門的なことはわかりませんが）。

ホメオパシーはヨーロッパでたいへん盛んで、フランスではお医者さまがレメディを処方してくれるそうです。日本の医療従事者の中にも、通常の治療にホメオパシーを併用する方が増えてきているとのことですから、今後は一般的な治療法になっていくでしょう。

ホメオパシーの考え方に深く共感したわたしは、がんに効くというレメディを買い求め、服用を始めました。安価で簡単で、これなら楽に続けられると思っていたのですが……。

ある晩、離れて暮らす娘から電話がかかってきました。開口一番、「ホメオパシーを始めたってお父さんから聞いたけど、それだけはやめて」と強い口調で言うのです。

娘が言うには、ホメオパシーに依存した人が命を落とす事例がたくさんあるとのこと。がんを放置してレメディに頼り、手遅れになった。新生児に与えなければならないビタミンKの代わりに、助産師がレメディを投与して赤ちゃんを死なせてしまった、等々。

わたしは、それはレメディが悪いのではなく、使い方の問題でしょうと言いました。それでも娘は納得しません。そもそも、ただの水をしみ込ませた砂糖玉に効果などあるわけがないと言い張りました。娘に科学の知識があるのは確かですが、頑固なところはわたしに似てしまったようです。

結局、わたしが折れました。ホメオパシーはいったん中止することにしたのです。ですが、ホメオパシーは試す価値のある療法だと、わたしは今も信じています。

＊

ソファに座る前に、圭は頭を下げた。

「こないだは、すみませんでした」

「我々は宇賀神さんに相当嫌われているようだ」蓮見が虎目石の目をわずかに細める。

「あのおっさん、なんであんな態度なわけ？」羽鳥が席でキーボードを叩きながら言う。「わざわざ篠宮の論文持ってきて、嫌味だけ言って。何がしたいのかマジでわかんね」

「それが……僕にもよくわからないんですよ」宇賀神の許可もなく、あれを書いたのが美冬かもしれないとは明かせない。「ほんとにすみません」

「君が謝ることはない」蓮見が言った。「どんな形であれ、関心を持ってもらえているのは喜ぶべきことだ。ほとんどの研究者は、ニセ科学問題など完全に無視しているわけだからな。それに、こうして桜井さんの調査も続けてくれている。君はいろいろ大変だろうが」

「ええ」圭は自嘲するように口角を上げる。「美冬さんのこととラボの雑用で、もういっぱいいっぱいです」

「なんであんな性格破綻者の言いなりになってんの？」羽鳥が訊いた。

「ですよね。僕もそう思うんですけど――」就職がかかっていると言うわけにもいかず、笑ってごまかした。

蓮見は手ぶりで着席をうながしながら、「さて」と話を変える。

「今日は、鍵山所長の経歴についてだったね」

「はい。ＶＥＤＹと関連団体のサイトはくまなく見たんですが、鍵山の経歴はどこにも書かれていなくて」

「確かに、海老沼会長については調べるまでもないが、鍵山所長には謎が多い。我々も、あちこちの微生物屋に訊いて回ったのだが、鍵山のことを知る者が一人もいない」

「やっぱりそうですか」

「やっぱりとは？」

「実は昨日、以前ＶＥＤＹにいた金谷さんに会ったんですよ」

「ほう」蓮見がかすかに眉を上げた。「——そうだったか」

首を回して羽鳥に訊く。

「羽鳥さんも、会いに行かれたことがあるそうですね」

「——うん。確か、今年の一月」羽鳥は椅子を回してこちらを向いた。「辞めた人だから、ＶＥＤＹの内情をいろいろしゃべってくれるんじゃないかと思って」

「金谷さんは、鍵山が大学を出たかどうかも怪しいとおっしゃってました」

「出身大学どころか、出身地もわかんね」

「金谷さんによれば、鍵山が『博士』を名乗り始めたのは、ＶＥＤＹ研究所ができた頃のことだそうです。しかも、学位はＰｈＤですから、海外の大学院のドクターコースを何らかの形で修了したことになる」

「それについては、一つ情報がある」

羽鳥が席を立ち、キャビネットの中を探った。大判の印刷物を取り出すと、それを開きながらやってくる。デザインに見覚えがあった。

「それ、ＶＥＤＹグループの会誌ですか」

「うん、三年ぐらい前の号。あ、これだ」羽鳥はそれを広げてテーブルに置き、ある記事を指で示した。

「〈研究所設立五周年に寄せて〉——」圭はタイトルを読み上げた。

「鍵山が書いた回想録だよ」羽鳥が文面に指を滑らせる。「あった、ここ。〈それらの研究が評価され、私は米国テキサスの大学から博士号を授与された〉と書いてある」

「テキサスの大学？　曖昧な書き方ですね。州立のテキサス大学なら大したもんですけど」

「絶対違うね」羽鳥が鼻で笑った。「鍵山はそういうふうに誤解させようとしたのかもしれないけど。実際は、名前を出したくないような大学ってことだろ」

「なるほど」

「それはともかく、今わかっているのはこれだけ」

「そうですか……」

肩を落とす圭に、羽鳥が続ける。

「いい機会だし、俺ももう一度調べ直してみる。ちょっと時間くれよ」

圭は「よろしくお願いします」と頭を下げた。

羽鳥にはもう一つ確かめておきたいことがあった。不審がっていると思われたくないので、なるべく軽い調子で訊く。

「金谷さんのところでは、篠宮のことについても訊ねていかれたと聞きましたけど――さすが、そのころから彼に目をつけていたんですね」

「――ああ、ていうか」羽鳥の目の奥に、かすかな警戒の色が浮かんだように見えた。「あの男のことも、何もわかんないから。研究者としてどれぐらいできるのか、とか。それに、金谷さんから聞いたかもしんないけど、篠宮は鍵山の親戚なんだよ」

「いとこの息子にあたると聞きました」

「だから、一応洗っとかないと」

「そうですね——」

しばらく黙っていた蓮見が、「その篠宮の論文のことだが」と口を開いた。

「宇賀神さんは、何か言ってたかね」

「何かといいますと？」

「あの論文について、昨日我々もウェブサイトにコメントを出したのだが」

「ああ、僕は見ました。でも、宇賀神先生はまだじゃないかな。今、学会でアメリカにいるんですよ」

コメントといっても大した内容ではない。まだデータ数が少ない、ヒトのがんに同等の作用があるかどうかは別問題である、ということが短く述べられていただけだ。真剣に反論する気があるのか疑わしくなるような書きぶりだった。

「我々としては、今の段階で論争を熱くするつもりはないのだが——」蓮見はあごひげをしごいた。「VEDYの連中は違うらしい」

「何か言ってきたんですか」

「我々を訴えるそうだ」

「ええっ!?」

「VEDY振興機構の顧問弁護士から、内容証明郵便が送られてきたんだよ」羽鳥が横から言う。「俺たちがこれまでしてきたVEDY批判が、名誉毀損《きそん》にあたるといって」

面倒なことにならなければいいんですが——田所の言葉を思い出した。あるいはこんな事態を想定していたのかもしれない。

「大丈夫なんですか?」

「まあ、大丈夫じゃね」羽鳥の口ぶりに深刻さは感じられない。「知ってのとおり、訴えられるのはよくあることだし」

「でも……」今回は、あの水ビジネスの会社とはわけが違う。今のVEDYには、篠宮論文という印籠があるのだ。

「恐れることは何もない」蓮見が虎目石の目を圭に向け、諭すように言う。「我々に非はないのだからね」

*

中央線《ちゅうおう》に三十分ほど揺られ、日野駅で降りた。

ガードをくぐって駅の西側に出る。バスターミナルを通り過ぎてしばらく行くと、その雑居ビルはあった。看板が出ている。〈スナックとも〉は二階らしい。

階段を上がったところに木製のドアがあった。ノックすると、中ではなく、下のほうから「はーい」と返事が聞こえた。スーパーの袋を両手にさげた年齢不詳の女性が、踊り場に姿を見せる。圭を見上げ、「さっき電話くれた人よね」としゃがれ声で言った。

女性の名前は香川《かがわ》。鍵山のもとで長らく雑用をやっていたという人物だ。金谷から連絡先を聞き出してコンタクトを取り、ママをやっているというこの店で会うことになった。

圭をカウンター席に座らせると、香川が言った。

「何か飲む?」

「ああ……じゃあ、お冷やを」

香川はふふっと笑って、グラスにウーロン茶を注いでくれた。くりくりのパーマに、紫色のメッシュを入れている。声はきっと、酒焼けだろう。

こういう典型的なスナックに足を踏み入れたのは初めてだ。名札がかかったボトルがならぶ棚を眺めながら、グラスに口をつける。週刊誌の記者にでもなった気がしてきた。

「金谷さんは今どうしてるの？」スーパーの袋の食材を冷蔵庫に入れながら、香川が訊く。

「府中でリサイクルの会社をされています」

聞いた範囲で説明すると、香川は「ふうん」と言った。

「結局ＶＥＤＹは辞めちゃったんだねえ。大きな会社になったのに、もったいない気もするけど。社長とそりが合わないのは知ってたけどさ」

「社長って、鍵山さんのことですか？」

「あ、そうそう。ずっとそう呼んでたからさ」

「お付き合いは古いんですか」

「古いよ。鍵山さんが最初の会社をおこしたときだから、もう二十年前。それからなんだかんだで十年ぐらい働いたのかな。働いたっていっても、電話番ぐらいしかしてないけど」香川がまたふふっと笑う。「ＶＥＤＹがあんな大企業になるなら、あたしももうちょっとあの人にくっついてればよかったわ」

「しばらくはＶＥＤＹでもアルバイトをされていたんですよね？」

「半年ぐらいかな。もともとこの店は姉がやってたんだけど、体壊しちゃってね。あたしが引き継ぐことになって、ＶＥＤＹには通えなくなったわけ」

香川はカウンターをふきんで拭《ふ》き始めた。

「で、鍵山さんの昔のことって、何を訊きたいの？」

「できれば、ご存じのことをすべて」

「あなた、まさか」香川が手を止めてこちらをにらむ。「被害者の会とか、そういうんじゃないわよね」

「被害者の会？　そんなのあるんですか？」

「前に一度あったのよ。米のとぎ汁乳酸菌カプセルみたいな商品を売っててさ、客に健康被害を出しちゃったわけ」

「どういう被害ですか」

「腹痛とか下痢《げり》とか、その程度よ。申し訳程度の見舞金払って、会社たたんだの。翌月には同じ事務所で新しい会社を立ち上げたけどね。あの人はそんなことの繰り返しよ」

「なるほど」金谷の言っていたとおりだ。

「インチキ商品の会社ってのは、どこもそんなもんよ。同じような面々が手を替え品を替え、ぐるぐる回してんの。業界で横のつながりも結構あるしね。マルチ商法の悪い人たちとも、市民団体の善い人たちとも仲良しだから、販路もいろいろある」

「へえ、そうなんですね」

「鍵山さんは、まあ、詐欺師みたいな人だけど、それだけに目端《めはし》はきくわけ。酵素ブームが来るずいぶん前に、酵素サプリとか作ってたもんね」

「ずっと健康食品だけを扱っていたんですか」

「違うよ。あの人が東京に出てきたときに始めたのは、『御神鍮』グッズの会社」

「ゴシンチュウ？」

「そういう金属があんのよ。銅に、金と——ゲルマニウム？か何だかを特別な配合で混ぜ込んだものだって」

「合金ですか」

「難しいこと訊かないでよ。御神鍮はね、体の邪気を取り払うんだって。ナントカエネルギーだかナントカイオンだかの力で。よくわかんないけど」

「いや、すごくわかりやすい疑似科学ですよ」

香川はグラスのから拭きを始めながら、「とにかくさ」と続ける。

「鍵山さんはその御神鍮で、ブレスレットやらネックレスやら体をコロコロやるマッサージ器やらを作って売ってたわけ。一番安いシンプルな指輪でも、二十万。でもね、あたしの知る限り、あの人が使ってた材料は御神鍮なんかじゃない。ただの銅よ」

「ひどい」

話し声で目が覚めたのか、羽鳥がのっそりと起き上がる。

「朝早くからすみません。メールを見て、飛んできちゃいました」

「――ん、ああ……」羽鳥はまぶしそうに目を細め、圭を見上げた。

鍵山の博士号のことがわかったと羽鳥からメールが入ったのは、ちょうど家を出ようとしていたときのことだ。まさに願ってもないタイミングだった。これで、今日の夕方成田に着く宇賀神を、胸を張って迎えに行ける。

羽鳥は目をこすりながらコーヒーを淹れた。それをひと口すすって、ようやく頭が回り始めたらしい。一枚の紙をテーブルに置いた。

日誌か報告書の一部に見える。〈五月十三日、VEDY研究所を表敬訪問。鍵山直之所長と〉という一文とともに、肩を寄せ合う二人の男の写真が載っている。右は鍵山、左はスーツ姿の初老の男性だ。

「誰ですか、これ」初老の男を指して訊いた。

「都議会議員。ずいぶん前からVEDYに肩入れしていて、VEDY議連の立ち上げにも関わった男だよ」

「あ、言われてみれば、襟《えり》に議員バッジみたいなのをつけてますね」

「この議員の秘書にマメなのがいてさ。ボスの日々の活動をまとめた文書を毎月作って、支援者に送ってる。おまけにそれをPDFファイルにして、ネットで公開してる

わけ。バックナンバーも全部。ちなみにこれは、六年前の五月分。ネットを漁って
て、一昨日見つけた」
写真の下には訪問時の様子が三行ほどでまとめられているが、鍵山の学位に関する
記述などはない。
「で、これが何か？」
「この写真は、たぶん鍵山のオフィスで撮られてる。部屋の奥の壁に、額がかかって
るだろ？」
「ああ、ありますね」
けっして大きく写っているわけではない。証明書のように見える。文字まではとて
も読み取れないが、横書きで、おそらく英文――。それに気づいてはっとした。
「もしかして、学位記？」
「ピンポーン」羽鳥は冷めた調子で言った。
「でも、なんでそんなことわかったんです？　ひと文字も読めませんよ」
「文字はな。でも、左上に幾何学《きかがく》模様みたいなのが見えるだろ。大学のロゴマークだ
ろうと踏んだ」
「ほんとだ。それにしたって、どんなマークかよくわかりませんけど」輪郭さえひど
くぼやけて不明瞭だ。

「工学部の友だちに画像解析に詳しいやつがいて、そいつに頼んでいろんな処理を試してもらった。出てきたマークの候補は四つ。全部、アルファベットを組み合わせたようなデザインだった。それを俺が順番に画像検索にかけていった」

「なるほど」

画像検索とは、検索エンジンの機能の一つだ。検索ワードの代わりに画像を指定すると、それに似た画像をネット上で探し出してくれる。

「四つ目の候補で、やっとビンゴ」羽鳥は紙をもう一枚、テーブルに置いた。大学のウェブサイトを印刷したものだ。

「〈Dallas Central University〉――」圭は大学名を読み上げた。

「ダラスセントラル大学は、鍵山の言うとおり、米国テキサス州の大学だった。なかなかヒットしないはずだよ。もうつぶれた大学だからな」

「え、つぶれたんですか？」

「つぶれるべくしてつぶれたんだ。四年ほど前に」

「どういう意味ですか？」

「ダラスセントラル大学は、ディプロマミルだよ」

「ディプロマミル？」

「知らないか」今度は蓮見が言った。「金銭と引き換えに、学士号や博士号を授与する機関のことだ。有り体に言えば、学位が金で買える」

「ああ、聞いたことあるかも。それをディプロマミルと言うんですか」

「『大学』と名乗ってはいるが、公的に認定されているわけではない。アメリカにはとくに多いようだな」

「いくら公的じゃないといっても、さすがに講義ぐらいは受けられるんですよね？」

「講義があるならまだましな部類だろう」蓮見はあごひげをしごく。「ひどいところになると、履歴書だけで学位を出したり、私書箱しかないペーパー大学だったりするそうだ」

「むちゃくちゃですね」

「ダラスセントラル大学も相当あくどい」羽鳥が口の端をゆがめる。「キャンパスはなく、あるのは事務局だけ。法外な審査料を払ってそこに論文を送ると、専門家による審査の上、学位が授与されるというシステムだ。どんなご立派な専門家をそろえているのか、ぜひ顔を拝んでみたいところだね。結局、当局の取り締まりにあったか、評判を落としたかで、つぶれちまった」

「鍵山も、そこで博士号を買ったわけですか」

「そういうこと。ディプロマミルなら、小学生の読書感想文を送っても学士号ぐらいはくれるだろうよ。疑似科学の論文なら、文句なしに博士様だ」

り、もしかしたらと思っていた五十個もダメだった。残った二十個は、誰がどう見てもうまくいかないだろうという試料ばかり。お師匠さんも先輩も、もう十分だ、あきらめろ、と言った。俺もそう思った。でも、いざやめようとすると、どうしても気持ち悪いんだ。結局、俺は半分やけくそで、実験を続けた。そして、九十八個目でアタリを引いた。その論文は、『ネイチャー』に載った」

「――すごいですね」

そうとしか言いようがなかった。『ネイチャー』は科学のトップジャーナルだ。よほどインパクトのある研究成果でないと掲載されない。修士課程の院生が書いた論文が『ネイチャー』に載るというのは、滅多にないことなのだ。

「何が言いたいか、わかるな？　自慢じゃないぞ」

「わかりますよ」半分は自慢だろう。「半端なところでやめるなってことでしょ」

「うまくいかないだろうと誰もが思うところで、成功させる。とてもありそうにないところで、見つけ出す。だからみんなが驚くんだ。価値があるんだ。インパクトのある研究ってのは、そうやって生まれる。覚えておけ」

「研究とは話が違うと思いますけど」口をとがらせたまま、渋々言う。「でも、わかりましたよ。もうちょっと調べてみます」

「もうちょっとじゃない。最後までだ」

「わかりましたって」早く話題を変えたほうがいいと思った。「で、先生のほうはどうだったんです？　急にスタンフォードに行くなんて言い出して、向こうで何かあったんですか」

「学会会場で、スタンフォード大学の研究者に出会ったんだ。ラボは違うが、美冬がいた学科の准教授だ」

「お知り合いですか」

「顔見知り程度だ。桜井美冬という日本人を覚えているかと訊ねると、もちろんと言う。そして、『スタンフォードを蹴ってまで入った会社にいるんだから、ミフユはさぞハッピーに働いているんだろうな』と」

「スタンフォードを蹴ったって、どういうことです？」

「美冬には当時、かなりいい条件で研究員の契約を更改できる話がきていたそうだ。いい成果を出せば、アシスタントプロフェッサーへの道が開ける可能性もあった。それなのに美冬は、どうしても入りたい会社があるからと言い残して、日本に帰ってしまった」

「それがＶＥＤＹだっていうんですか」

「そのあたりのことを確かめるために、俺はスタンフォードまで出向くことにした。サンフランシスコからは目と鼻の先だからな。アポなしで美冬のいたラボを訪ねたんだが、大歓迎されたよ。そこの教授とは初対面だったが、名乗るまでもなかった。俺の顔をよく知っていたらしい」

どうだとばかりに見つめてくるので、仕方なく「さすがですね」と言っておく。

「教授の他に、ポスドクと大学院生も五、六人いたので、みんなに話を聞いた。VEDYという名前に聞き覚えのある者はいなかったが、教授が、『それはミフユの恩師の会社なんだろう？』と言うんだ」

「美冬さんがそう言ったんでしょうか」

「いや、あいつは就職先について具体的なことを何一つ言わなかったらしい。ただ、去年の春先、厳重に梱包された微生物試料が美冬あてに送られてきたことがあったそうでな。どこからだと教授が訊くと、日本でバイオの会社をやっている恩師からだと」

「海老沼教授しかいないですよね」

美冬の恩師にあたるのは、海老沼教授と、博士課程を過ごした東都大学の島津教授だけだ。島津教授は今も都内の私立大学で教鞭《きょうべん》をとっている。会社経営などはしていない。

「微生物試料というのは、おそらく深海酵母だろう。美冬はそれを使って、数ヵ月間一人で実験をしていたらしい」

「どんな実験ですか」

「わからん。VEDYがらみの実験だというのは間違いないだろうが」

「もしかして、篠宮論文の実験でしょうか」

「可能性はある」

「ラボのみなさんは、実験の中身について何か知らないんですか」

「俺が話を聞いた連中は何も知らなかった。日本でやり残した仕事を片づけているのだろうと、あえて詳しいことは訊かなかったらしい。ただ、美冬がラボで一番親しくしていた韓国人の女性研究者というのがいて、彼女なら何か知ってるかもしれないとのことだ」

「その人は今どこに？」

「この夏、韓国に帰ったそうだ。名前と今の勤務先を聞いたから、連絡をとってみる」

「なるほど。何かわかるといいですね」

「それから、VEDY研究所に入る直前の美冬の行動にも、解せない点が多い。スタンフォードの教授によれば、美冬は今年に入ると急に大学に出てこなくなったそうだ。就職の準備だといって、何度も日本に一時帰国していたらしい」

「VEDYの入社面接でしょうか」

「それもあったかもしれんが、何度もアメリカから呼びつけることはないだろう。このご時世、パソコンがあれば簡単にビデオ通話ができる」

「それもそうですね」

「とにかくだ」宇賀神は割り箸を折り、空になった弁当箱に放り込んだ。「美冬に異変が起きたきっかけは、去年の春先、海老沼教授から深海酵母が送られてきたことだ。すべてはそこから始まっている」

「――いや、でも……」そこで躊躇《ちゅうちょ》した。

「何だ」

「――何でもないです」

「何なんだ。はっきり言え」

「ですから……」宇賀神を怒らせる覚悟で言った。「林先生が言ってたことは、どうなるのかなって」

「美冬がＶＥＤＹの立ち上げに関わっていたかもしれないという話か」

「ええ。美冬さんはそれ以来ずっとＶＥＤＹとつながっていたという可能性は、やっぱり排除できませんよね。美冬さんがもともとＶＥＤＹの陰の協力者だったと考えれば、アメリカでＶＥＤＹがらみの実験をしていたことも、ＶＥＤＹ研究所に就職したことも、説明がつくじゃないですか」

「研究所から消えたことは説明がつかないだろうが」

「でも——」

「もういい。これ以上憶測を重ねて議論することに意味はない」

宇賀神の言葉に怒りは感じなかった。それはむしろ、どこか哀しげに響いた。宇賀神もそんなことは百も承知なのだ。あえて口にしたくなかっただけで——。

「今わかっていることは、ただ一つ」宇賀神はため息まじりに言った。「俺は、美冬という女のことを、何一つ知っちゃいなかったってことだ」

宇賀神は窓枠にひじをのせ、ほおづえをついた。その横顔の向こうに、夕暮れの街並みと、スカイツリーが見える。もう都内に入ったようだ。

宇賀神は車窓に目をやり、独り言のように言った。

「さかのぼってみるべきなのは、美冬の過去かもしれないな」

＊

四月四日
本来なら前回の続きを書くべきなのですが、今日は別のご報告をさせてください。
実は、このブログを通じて、新しいお友だちができたのです。

ここでは仮にハナコさんとお呼びすることにいたしましょう。ハナコさんは、偶然わたしのブログを見つけ、過去の日記もすべてご覧になった上で、メッセージをくださいました。そこまでしていただけた理由はただ一つ。ハナコさんもまた、がんと闘っているのです。

何度かメッセージをやり取りするうちに、お互いにいくつも共通点があることがわかりました。ともに女性で五十代。驚いたことに、ハナコさんは二つとなりの市にお住まいでした。手術後にがんが再発し、大病院から見放されたところまでそっくり同じ。そして、ハナコさんもわたし同様、いろんな代替療法に取り組んでいるとのことでした。

これで意気投合しないわけはありません。近所の喫茶店で初めてお目にかかったのが、今日の午後のこと。まるで昔からの親友のように話がはずみました。お互いの境遇を語り合い、お互いに涙し合いました。

ハナコさんのお話を聞いて、抗がん剤を拒否したわたしの選択は正しかったと再認識することもできました。彼女によれば、抗がん剤が毒にしかならないというのは、もはや常識なのだそうです。その証拠に、医者の多くは自分ががんになっても抗がん剤は使わないとのこと。他に打つ手がないという理由だけで安易に抗がん剤をすすめ、最期まで患者を苦しめるとは、現代医療のなんと残酷なことでしょう。

ハナコさんは、わたしのブログをお読みになって以来、深海酵母に並々ならぬ興味をお持ちだったそうです。実際に対面したときも、わたしの顔色がいいことにとても驚き、その効果を確信してくださいました。ぜひ分けてほしいとのことでしたので、先ほどひと月分をご自宅にお送りしました。本当に、ブログを始めた甲斐《かい》があったというものです。

ハナコさんとはこれからもちょくちょくお会いして、情報交換をすることになりました。ともに病と闘う同志を得て、これほど心強いことはありません。

今夜は久しぶりにゆっくり眠れそうです。

＊

科学者と呼ばれる人々は、偏見を持たれがちだ。

幼いころから人間よりも機械や昆虫に興味を持ち、学生時代は理科と数学の勉強一筋で、社会性を身につけないまま大人になった。だから、常に理詰めで、人の気持ちを解さない。ある意味純粋だが、変わり者。典型的にはこんなところだろう。

だが、圭の身近にいる大学教員たちだけを見ても、それが的外れだということはすぐわかる。仙人も俗物も混ざっているが、大半は常識的な人たちだ。宇賀神などはもっとも非常識な部類に入る。子ども時代は多種多様、その分野に進んだきっかけも人それぞれだろう。歴史の暗記が嫌いというだけで理系に進み、そのまま教授になってしまったという人までいる。

宇賀神の場合、高校二年までは弁護士になるつもりだったそうだ。ところが、当時好きだった同級生の女の子が医学部を目指していると知り、同じ理数クラスに入るためだけに進路を変えたらしい。

宇賀神なら弁護士になっても大成功していただろう。もちろん庶民の味方などはしない。都心のオフィスビルに事務所を構え、大企業をクライアントに仕事をするのだ。高級スーツに身を包み、舌鋒《ぜっぽう》鋭く交渉相手をやり込める姿が容易に想像できる。

しかし、すべての科学者が宇賀神のような異能を持ち合わせているわけではない。普通の研究者には、普通の悩みがある。研究にいきづまって転向したり、上司とこじれて職場を変えたりと、紆余曲折がある。ノーベル賞受賞者が語る逸話《いつわ》のように、脇目もふらず一本道を邁進《まいしん》し続けるというのは、そうそうできることではないのだ。

圭は今、そんな三人の研究者の足跡を過去に向かってたどる旅に付き合わされている。失踪した美冬をさがしていたはずが、いつの間にかそうなっていた。

まずは、海老沼会長。二年ほど前から人前に現れなくなり、現在の居どころは不明だ。いずれかの時点で認知症を発症し、今も病院か施設にいる可能性が高い。その一方で、姿を見せなくなったあとも、美冬とはコンタクトを取っていた形跡がある。去年の春先、アメリカの美冬に微生物試料を送ったのは、海老沼だと思われるからだ。

十年前、北陸理科大学を定年退職すると同時に、鍵山と組んでVEDYの会社を立ち上げた。海老沼が鍵山と知り合った経緯は不明。それまでの海老沼は、誠実な学究であり、熱意ある教育者でもあった。いったい何が海老沼を変えてしまったのか。そのきっかけも大きな謎だ。

次に、鍵山所長。今や海老沼に代わってVEDYグループのトップに君臨するこの男は、「博士」の肩書きを持ち、環境微生物学の専門家を自称している。だが、彼の博士号は米国のディプロマミルから金で買ったものであり、その正体は研究者ですらなかった。

海老沼とともにVEDYを立ち上げる前は、東京で小さな会社を経営し、インチキ健康食品を販売していた。ただし、最初に扱ったのは食品ではなく、「御神鑰」のグッズだ。東京に出てきたのは二十年前。それまでは静岡県富士市で数年間、御神鑰療法の治療院をやっていたという。要するに、ずっと疑似科学を生業にしてきた男だったのだ。

そして、桜井美冬。一昨年の十二月に渡米し、スタンフォード大学で研究員をしていたはずだった。ところが、家族や友人にも黙ったまま、今年の四月に帰国。九月頃までVEDY研究所にユニットリーダーとして勤めたあと、行方がわからなくなった。

研究所に入るまで、美冬の研究者としてのキャリアは模範的なものだった。そこにはVEDYの影など微塵もない。少なくとも宇賀神はそう信じていた。だが今となっては、美冬とVEDYの間には相当古くて深い関係、あるいは因縁のようなものがあると考えざるを得ない。

その根拠は三つ。まず、十年前のVEDY立ち上げ時、海老沼教授が「私がこうして新しい道へ進めるのも、彼女のおかげだよ」と言っていたこと。そして、去年の春から夏にかけて、美冬がアメリカでVEDYがらみと思われる実験をしていたこと。最後に、篠宮論文の真の著者は美冬だと考えられること——。

「ねえ、手が止まってるよ」

亜希にそう言われて、我に返った。

「ああ、ごめん」VEDYパウダーをこねる手に、もう一度力をこめる。

今日は緑人ネットのイベントで、神田川《かんだがわ》に来ている。杉並《すぎなみ》区下高井戸《しもたかいど》にある川に面した公園で、VEDYボールの準備をしている最中だ。

たびたび休日をつぶされるのは本当に痛いのだが、鍵山がこのNPOを視察に訪れる可能性がある以上、簡単に縁を切るわけにもいかない。今回は参加者が少ないのでどうしても出てくれと言われ、断りきれなかった。少ないといっても、公園には二十人ほどが集まっている。

亜希を誘ったのは、圭ではない。昨日、亜希のほうから「明日ヒマ。お茶でもしない？」と言ってきたので、このイベントがあるから無理だと伝えた。すると意外なことに、「面白そう。あたしも行きたい」と言い出したのだ。

「童心に返るっていうの？　泥だんご作ってるみたいで、楽しいね」亜希はやけに大きなボールを丸めながら言った。

「そう。ならよかったけど」

「うん。こういうのは楽しいからいいよ。疑似科学でも」

「ちょっと！」慌てて人差し指を口に当て、声をひそめてたしなめる。「ここではそれ言っちゃダメだって。誰かに聞かれたらどうすんの」

亜希には前もってＶＥＤＹのことを簡単に説明しておいた。イベントに参加するのは、内情の調査のためと言ってある。

最初は楽しそうにやっていた亜希も、ボールを十個ほど作ったところで飽きてきたらしい。コンビニで飲み物を買ってくると言って、公園を出ていった。

すると、となりの容器で作業していた男子高校生が、圭のそばへやってきた。高校生だとわかったのは、学校名の入ったジャージを着ていたからだ。

「あの……ちょっといいですか」おずおずと声をかけてくる。

「ん？　何でしょう？」

高校生はまわりの様子を確認して、小声で訊いた。「もしかして、誰かの付き合いで参加したんですか」

「え、なんでそう思うの？」

「さっき、疑似科学って」

「ああ……」顔を引きつらせて笑顔をつくる。「聞こえちゃってたか」

「いや、大丈夫です」高校生は大人びた笑みを浮かべた。「ぶっちゃけ、僕も付き合いで来ただけなんで」

「そうなんだ。誰と一緒に来たの？」

「母です」高校生は、少し離れたところにいるグループを指さした。四、五人の中年女性たちが、談笑しながらボールを丸めている。

「へえ、親孝行だね」

「あんまりしつこく誘ってくるんで、一回ぐらいはいいかなと思って」高校生の微笑が真顔に変わる。「でも、やっぱよくないんですよね」

「よくないって、このイベントのこと？」

「はい。ネットで調べたら、いろいろ書いてありましたし。VEDYなんて疑似科学だとか、VEDYボールのせいでかえって川が汚くなるとか」

「まあ、そうだね。VEDYボールを大量に投入すると、弊害が出てくると思う」

高校生は小さく息をつき、母親のほうを見やる。

「でもやっぱ、母には言いにくいです」

「どうして？」

「何年か前からVEDYにはまってて、今はそれが生きがいっていうか。料理に入れるのはもちろん、風呂に入れたり、トイレとか庭にまいたり」

「なるほど」

「正直やめてくれって思うんですけど。本人はいいことしてると信じてるんで、めっちゃ楽しそうなんですよね。あんな風に友だちも増えて、よく外に出るようになったし。こないだなんか、別の団体の企画で福島まで行ってました」

「もしかして、除染？」

「はい。保育園とか公園にVEDYをまいたみたいです」

母親がいるグループで、はじけるような笑いが起きた。周りの参加者もスタッフも、どこか誇らしげな顔で作業にいそしんでいる。

準備を終え、投入が始まった。戻ってきた亜希を含め、参加者たちはみな無邪気に歓声を上げ、次から次へとためらいもなくVEDYボールを投げこんでいく。川沿いの歩道にいた通行人たちも足を止め、何事かと見守っている。

その様子を眺めながら、圭は手にしたボールをおざなりに川面《かわも》に落とした。ニセ科学への道は善意で舗装されている――いつかの羽鳥のTシャツの文言が浮かぶ。

おそらくVEDYという存在は、ここに集まっているような人々の、理性ではなく、感情に訴えかけてくるのだ。人工的なものにまみれた暮らし。破壊され続ける自然環境。このままでいいのかという疑問に、VEDYは「微生物」という一見わかりやすい物語でもって、心地よい答えをささやくのだ。

手強いな――圭は初めてそう思った。


イベントが終わり、駅へと向かう道すがら、亜希が前置きもなく「でもさあ」と言った。

「さっきの泥だんご投げ、そんなによくないことなの？」

「まあ、そうだね」

「ふうん」納得しているようには見えない。

「理由、聞きたい？」

「ううん、いい」亜希はあっさり言った。「あたしなんかはさ、よくないって聞いたら、だったらやめとくかって思うよ。もともとそんなに興味ないから。でも、今日来てた人たちの大半は、違うかもね」

「どう違うの？」

「あの人たちは、たぶんこう言うと思う。『でも、いいって言ってる人もいるでしょ？』って。ほら、コラーゲンなんかと同じだよ。町村さん的には、あんなの摂《と》っても意味ないんでしょ？」

「まあ、美肌に効果があるという強いエビデンスはないみたいだね。今のところ」

「でもさ、いくらそう聞いても、やっぱりちょっとは効くんじゃない？って思っちゃう。そう言ってる人多いし、実感としてもそうだし」

「なるほどね」

「とくに、今日みたいなイベントに参加してる人たちは、環境問題とかそういうのに意識高いわけじゃん。あなたたちのやってることは間違いです、なんて言われたら、カチンとくるよ。そんなわけないって意固地になるよ。何か別の言い分を探して反論してくるよ」

「確かに、説得するのは想像してたより難しそうだね。彼らの様子を見ていて、そう思った」

そっと亜希の横顔を見る。確かに無知かもしれない。でも、やはりある種の本質をついてくる。前回会ったときにも感じたことだが、亜希には自分にはない賢さがある。自分が最近まで気づいていなかったことを、誰に教わることなく見抜いているのだから――。

亜希がぱっと顔を輝かせ、「そうそう!」とこちらを向いた。

「買ったよ、ドライヤー」

「え、例のＤＮＡ活性化ドライヤー?」

「うん」亜希は悪びれもせずうなずく。「実はね、先に麻衣が買ったんだ。試しに使わせてもらったら、ほんとにめっちゃいいの。だから思い切っちゃった。でもおかげで、ほら」

亜希は自慢げにボブヘアを指ですいてみせる。ほら、と言われても、髪の状態に変化があったかどうかなど、圭にわかるわけがない。

「――そっか。買っちゃったんだ」

「町村さんがそんな顔することないじゃん。あたしが満足してるんだから、それでいいの」

「いい、のかな」もう強く否定する気はなかった。

「町村さんは違うって言うんだろうけど、あたしはね、やっぱりコラーゲンを摂ったら肌がぷるぷるになるって思う。高い化粧水とかクリームを使ったら、肌がきれいになるって信じてる。あのドライヤーもそう。あたしたちはね、科学的根拠にお金を払いたいわけじゃないの。きれいになれるかもっていう期待とか夢にお金を払いたいの。そういうのが楽しいの」

「――そっか」と応じながら、今度は金谷の言葉を思い出していた。頭の隅ではわかっていても、心が欲するほうを選ぶ――。

圭はゆっくり息をついた。それでいいとはやはり思えない。まったく頭を働かせないでいると、悪徳業者の餌食になるだけだ。とはいえ、大手一流企業でも、商品の効能を多少大げさに宣伝するのは当たり前だろう。それが商売というものだし、それを悪意だと断ずるのは難しい。そこを突きつめ過ぎると、極端な話、神社で御守りの一つも買えないことになる。

要するに、結局は買う側の価値観によるのだ。理性と感情。そのどちらをよりどころにして選択するかは個人が場面に応じて判断する問題であって、他人がとやかく口出しすることではない。

でも――。今度は蓮見たちの顔が浮かぶ。科学と疑似科学の間の線引きまで、人それぞれだと突き放してしまうわけにはいかない。両者の間にはグレーの領域もあるだろう。だが、誰がどう見ても疑似科学だという領域は、間違いなく存在する。中でも明らかにクロだと断じていいのは、蓮見たちがニセ科学と呼ぶ一連のものだ。そこには、科学用語を利用して人々を惑わしてやろう、騙してやろうという明確な意図を見出すことができる。

また神社の御守りを例に出そう。効果はありますかと神主に問えば、「この御守りには、霊験あらたかなお札が納められています。一生懸命祈り願えば、神様は聞き届けてくださるでしょう」ぐらいのことは言うかもしれない。非科学的でも、これは信仰の問題だ。詐欺だと騒ぐ人はいないだろう。だが、もし神主が「この御守りには、念波エネルギーを増幅させる光量子波動アンプリファイアが内蔵されています。一生懸命祈り願えば、神様は聞き届けてくださるでしょう」などと言い出せば、それは一気に疑似科学へと変貌する。

たかが御守りじゃないか。どう説明されようが、大した違いはない。要は信じるか信じないかの問題だ——そう考える人もいるだろう。気持ちとしてはわからなくもない。だがその一方で、絶対に許してはならない疑似科学は確かにある。病に苦しむ人々。被災者。子どもたち。そうした人々の弱い立場につけこんで、食い物にしようとする疑似科学だ。羽鳥や朝倉、田所の話を聞いて、それがよくわかった。

では、単に科学に疎いだけの人々なら、騙されてもいいのか？　ＤＮＡ活性化ドライヤーを買って喜んでいる人は？　高価な化粧品を使って幸せを感じている人は？　健康のためと信じて玄米菜食を続けている人は？　パワーストーンを身につけて自分を元気づけている人は？

やっぱりわからない。考えれば考えるほど、科学と非科学の間に広がるグラデーションの海で、溺《おぼ》れてしまいそうになる——。

駅前まで来たとき、ポケットのスマートフォンが震えた。宇賀神研究室でただ一人の同期、山本からだ。

嫌な予感がした。彼女は休日も滅多に休まない。研究室で何かあったに違いない。

電話に出るなり、山本が言った。

「今どこ?」いつにも増して声にとげがある。

「下高井戸だけど」

亜希がスマートフォンに顔を寄せ、「ねえ、誰からあ?」とふざけて甘ったるい声を出す。

「ちょっと、ダメだって」圭は亜希に背を向けた。

「まさか、デート?」山本の声のとげが倍になった。

「いや、そういうんじゃなくて……」

「遊んでるなら、早く来たほうがいいよ」すぐ来いと言っているようにしか聞こえなかった。

「どうしたの?」

「またあの子がやったみたい。PCRのネガコンに変なバンドが出てる」

「あー、コン、、、コンタミかあ……」

コンタミ――コンタミネーションとは、科学実験の場における汚染のことだ。生命科学の分野では、検体の残留物や雑菌が汚染源となることが多い。共用の試薬や装置が汚染されている場合、メンバー全員の実験結果をだめにしてしまう恐れがある。

山本が「あの子」と言ったのは、今年入ってきた四年生のことだ。この半年で三回もコンタミ騒ぎを起こしている。

「こないだも一から手順をみてあげたのに」山本はいらだちを隠そうともしない。「どうやったらこんなこと何回も繰り返せるわけ？　ほんといい加減にしてほしい」

「まあまあ」なだめるように言う。「彼女なりに一生懸命やってるわけだからさ。ちょっと人より不器用なだけなんだよ」

「同情してあげるのは結構だけど」山本は突き放すように言った。「明日宇賀神先生が来るまでに何とかしないと、町村君がやばいんじゃないの」

＊

頭をはたかれて目が覚めた。

驚いて顔を上げると、横に宇賀神がいる。慌ててまわりを見回し、実験室に泊まったことを思い出した。他にはまだ誰も出てきていない。

「どうなった」宇賀神が怖い顔で言った。

「何がでしょう？」机につっぷして眠っていたので、額が痛い。

「コンタミに決まってるだろうが」

「ああ――」すでに伝わっていたらしい。額をさすりながら答える。「もう大丈夫だと思います。PCR試薬を全部新しいのにしたら、バンドは出なくなったので」

「それのどこが大丈夫なんだ。試薬を全部換えたりしたら、そのうちのどれがコンタミしていたかわからんだろうが。金だってかかる。どの試薬が原因かはっきりさせて、それだけを交換しろ。ちゃんと再発防止策も考えるんだぞ」

「……わかりました」

「ったく」宇賀神の表情は険しいままだ。「お前の仕切りが悪いから、こういうことが繰り返されるんだ。今度やったらクビだぞ」

「そんな……」徹夜で後輩の尻ぬぐいをしたのに、この言われようだ。

「それから」と宇賀神は気短かに話題を変える。「例の韓国人と連絡がついたぞ」

「韓国人……誰でしたっけ？」まだ頭が回らない。

「美冬がスタンフォードで親しくしていた女性研究者だ。今はソウルの大学にいる。メールを送ったら、昨日わざわざ電話をくれた」

「へえ、丁寧な人ですね」

「というより、彼女も心配してたらしい。美冬と連絡が取れないので」宇賀神は手近な椅子を引き寄せた。「いろいろ興味深いことがわかったぞ」

「美冬さんが向こうでやっていた実験のことですか？」

「いや、その韓国人も実験の中身は知らないそうだ。だが、知っていそうな人物を教えてもらった。カリフォルニア大学サンフランシスコ校医学部の教授だ。美冬はその教授主宰の研究会に参加していて、教授自らスタンフォードまで美冬を訪ねてきたこともあるらしい」

「共同研究者だったんですかね」

「わからん。とにかくその教授にもコンタクトをとってみる。それはいいとして」宇賀神が口をゆがめてあごをなでる。「ちょっと妙なことになってきた」

「妙なことって？」

「美冬は、ＶＥＤＹ研究所に入る直前、何度も日本に一時帰国していたと言っただろう。一月から三月にかけてだ。何をしに帰るか美冬から聞かなかったか、その韓国人に訊いてみたんだ」

「入社面接じゃなかったんですか」

「もちろんそれもある。だが、東都工科大にも用事があったんじゃないか、と彼女は言うんだ」

「東都工科大？　なんでですか？」

「その頃、東都工科大の教授からラボによく電話がかかってきていたらしい。彼女も二、三回その電話をとっている。その教授が『東都工科大の』と名乗ったのは確かだが、名前のほうは忘れてしまったそうだ」

「誰でしょうね。あそこには生命科学のラボが山ほどあるからなあ」

「彼女もそう思って、電話の教授はどこのラボの先生なのかと美冬に訊いた。すると美冬は、『生命科学じゃなくて、物理の教授だよ』と」

「物理？　なんでまた」

「俺たちも最近、東都工科大の物理の教授と会ってるだろうが」

「あ――」そこでやっとわかった。「もしかして、蓮見先生？」

「美冬と蓮見さんの間にもともと面識があったとしても、別に不思議じゃない。解せないのは、この春まで美冬と密に連絡を取り合っていた蓮見さんが、美冬の今の居どころを知らないってことだ」

「確かに、ちょっと不自然ですね」

「まったく、食えない教授だ。何を考えてるのか、そのうち問い質してやる」

宇賀神はそう言って立ち上がり、腕時計をたたいた。

「十一時にここを出るぞ」

「え、どこ行くんですか？」

「新宿だ。北陸理科大の卒業生に会いに行く」

西新宿にそびえる高層ビルの地下一階は、慌ただしい雰囲気だった。このフロアはレストラン街になっていて、近隣のオフィスから昼食をとりにきた人々が急ぎ足で行き交っている。

圭たちがいるイタリアンレストランにも、財布とスマートフォンだけを持った男女が次々に入ってくる。正午前に入店していなければ、四人がけのテーブル席は確保できなかっただろう。

十分ほど待っていると、一人の女性が現れた。ベージュのパンツスーツに身を包み、眼鏡をかけている。きょろきょろと店内を見回したかと思うと、まっすぐこちらに近づいてくる。

「あの人ですかね」圭は小声で言った。

「宮本《みやもと》さんですか」宇賀神が腰を上げて声をかける。

「はい。すみません、お待たせして」

宮本という女性は、すすめられるまま奥に座り、宇賀神に微笑みかけた。

「写真のとおりだったので、すぐにわかりました」

「写真？」

「実は、美冬が東都大にいたころ、写真を見せてもらったことがあるんです。島津研究室のみなさんの」

「そうでしたか」

「美冬、宇賀神さんを指さして、『これが例の伊達男だよ』って」宮本は可笑しそうに言って、宇賀神の胸の青いチーフに目をやる。「そのときも素敵なスーツ姿でしたから」

「なるほど」宇賀神は微妙な表情で口角だけを上げた。

パスタランチを注文してから、名刺交換をした。宮本は、このビルに入っている資源開発の会社で働いているそうだ。海老沼研究室出身で、美冬とは同期。修士課程を終えたあと、専門とはあまり関係のない今の会社に就職したという。進路は違えど、富山から上京したタイミングは美冬と同じだ。

食事が運ばれてくるのを待つ間に、宮本のほうから切り出した。

「美冬、まだ見つからないんですね」

「手をつくして調べているんですが、不可解なことが増えるばかりです」

宮本はある程度事情を知っているらしい。美冬の失踪がわかったとき、宇賀神は彼女の知人をしらみつぶしにあたっていたが、宮本からも話を聞いたのだろう。

「あれからわたしも、思いつく限りの知り合いに訊いて回ったのですが、手がかりになるようなことは何も――」

力なくかぶりを振る宮本を見すえ、宇賀神はテーブルの上で両手を組んだ。

「今日うかがいたいのは、海老沼研時代の美冬のことなんです」

「そんな昔のことが、美冬の行方に関係するんですか？」

「それはまだわかりません。ただ、美冬とＶＥＤＹとの間に深い関わりがあるとすれば、それはあいつが富山にいたときに始まっていた可能性が高い」

「でも――」

納得できない様子の宮本に、宇賀神が最初の問いを放つ。

「美冬の卒業論文の内容はご記憶ですか？」

「海洋酵母の分子系統解析です」宮本は即答した。

分子系統解析というのは、ＤＮＡなどの情報をもとに、その種が生物進化の枝分かれの中でどこに位置するか、つまりどんな生物の仲間であるかを調べる方法だ。

「海老沼研の四年生はみんな同じことをやりました」宮本が続ける。「富山湾で採取された酵母が分け与えられて、その株がどういう種に属するか調べたんです。卒論ですから、研究というより、練習問題みたいなものでしたけれど」

「調べた中に、いわゆる深海酵母も含まれていましたか?」

「富山湾は日本でも有数の深い湾で、一番深いところで水深一千メートル以上あります。ですから、その海底で採れたものは深海酵母と呼べるでしょうね。海老沼研では当然そういう酵母も扱っていましたが、わたしたちの代の卒論で深海酵母を調べた人は、たぶんいなかったと思います」

「なるほど」宇賀神が言った。「で、美冬はそのまま北陸理科大の修士課程に進んだ。修士論文は私も読みました。海洋酵母のテロメアに関する研究だった」

テロメアとは、染色体の末端にある構造だ。細胞が分裂するたびに短くなり、細胞の死や生物の寿命に深く関わっていると考えられている。

「そうでしたね」宮本がうなずく。「同期の中では飛び抜けて立派な研究でした」

「内容的には、私や私の師匠の興味に近い。だからこそ美冬は、博士課程で東都大に移ってきたわけですが」

「海老沼先生の興味は、生命の本質的なことがらというより、海洋酵母をどう利用するかということにありましたからね。そういう意味では、美冬が東都大に進んだのは正解だったと思います」

「同感です。あいつは博士課程でもテロメアの研究を続けました。なかなかいい成果を上げましたよ。私の次ぐらいに」

構わないと蓮見先生に提案もした。しかし――」

「しかし、何です？」

石森は束の間ためらって、続ける。

「蓮見先生が――それには及ばないと」

「ほう」宇賀神が眉を上げた。「追試はするなと言ったんですか」

「そういう言い方ではありません。『追試にも時間と金がかかる。無駄骨を折らないよう、もう少し様子を見ようじゃないか』とおっしゃったんです」

「様子を見る……」

宇賀神はつぶやくように繰り返し、またあごに手をやった。


「うまく聞き出せたのはいいんだが――」

つくばエクスプレスの車内で、宇賀神が言った。

途中からうすうす勘づいていたが、宇賀神は石森が口を割るよう、わざと挑発的な態度をとっていたらしい。

「だが、何です？」

「これで、疑念が確信に変わったな。蓮見さんは、何か大事なことを隠している」

「大事なことって、篠宮論文に関してですか」

「そうだ」

「確かに、追試なんかしなくていいというのは、ちょっと変ですよね。実験結果が再現されなければ、インチキだということが一発で明らかになるわけですから」

「ふん」宇賀神が鼻息を漏らした。「相変わらずおめでたいな、お前は」

「どこがおめでたいんです？」口をとがらせて訊く。

「STAP細胞騒動を忘れたのか。世界中で散々追試がおこなわれて、ただの一度も再現できなかったにもかかわらず、まだその存在を信じている人々がごまんといるんだぞ」

「まあ、それはそうですけど」

「あの篠宮論文にしても、追試によって再現性を否定することはできるかもしれない。その結果を論文やウェブサイトで公表するのもいいだろう。だが、そんなものがVEDYの霊力にすがりたい人々の目に触れるのか？　たとえ触れたとしても、どちらの主張を信じる？　火を見るより明らかだ」

「つまり、追試で論文を否定されたところで、VEDY側は大したダメージを受けないってことですか」

「そんなことははなから織り込み済みだろう。連中にとって大事なのは、あの論文が国際学術誌に載ったという事実、ただ一点のみだ」

「なるほど」

「もちろん、蓮見さんが追試には及ばないと言った理由は、そういうことではない。何か他に秘密があるはずだ。VEDYの元技術者が言っていたことも気になる」

「金谷さんですか。あ！」圭は膝を打った。「そっか。羽鳥さんが金谷さんの会社まで、篠宮のことを聞きに来たっていう——」

「今年一月のことなんだろ？　蓮見さんはその頃から篠宮に注目していたことになる」

「篠宮の経歴や実力について調べなきゃならない理由があったわけですよね。やっぱり、あの論文に関係することなんでしょうか」

宇賀神は「さあな」と肩をすくめ、表情をさらに険しくした。

「あの人が隠しているのは、それだけじゃない。美冬についてもだ」

「美冬さん？」

「考えてもみろ。そもそも蓮見さんは、美冬を捜し出してどうしようっていうんだ？　俺たちを巻き込んでおきながら、それを一切説明しようとしない。美冬が帰国直前まで蓮見さんと連絡を取り合っていたことも、俺たちに黙っていた」

「確かに、腑に落ちないことばかりですよね」

「篠宮論文に対する彼の態度も含め、不自然なことがらは、おそらくすべてつながっている」宇賀神は冷たい目をして言った。

IV

東海道新幹線の新富士駅から乗ったバスを、在来線の富士駅前で降りた。

ここからは歩いてもそう遠くないはずだ。駅の構内をとおって北口に出る。この周辺が富士市の繁華街になるのだろう。背の高いビルは見当たらないが、飲食店が多くある。

スマートフォンで地図を確認しながら、目抜き通りを北に向かって歩く。道路の両側はアーケードのついた商店街だ。正面に大きく富士山が見える。あいにく今日は薄曇りで輪郭《りんかく》しかわからないが、天気がよければ雪をかぶった堂々たる姿が拝めるだろう。

五分ほど歩いて右に折れ、製紙工場の敷地に沿って進む。住宅街に入ったところで、右前方にそれらしき建物が見えてきた。古びた二階建ての民家だが、ブロック塀の上にスチール製の看板が出ている。

筆書きの文字は、〈御神鑰療法　メシエ治療院〉。かつて鍵山が経営していた治療院だ。確実な証拠はまだないのだが、まず間違いないと圭は見ている。

見つけた経緯は単純だ。初めは、そんなものが今もあるとは思っていなかった。だが、昔の情報がネット上に残っている可能性はある。試しに〈富士市　御神鎓療法〉と検索をかけてみると、「メシエ治療院」だけがヒットした。

驚いたことに、現在も営業しているという。しかも、治療院のホームページには簡単な沿革が記されていた。それによれば、開院は二十四年前。その四年後に今の院長が二代目として引き継いでいる。初代院長の名前は書かれていなかったが、時期的にはスナックで香川に聞いた話とぴったり合致する。

それ以上の情報を得るには、実際に治療院を訪ねてみるしかない。宇賀神に相談すると、試しに御神鎓療法とやらを受けてこいと言われた。早速電話で予約をとり、新幹線で一時間かけてやってきた。もちろん交通費と治療費は出してもらっている。

予約した二時半には少し早いが、中に入ってみることにした。

何の変哲もない玄関かと思っていたら、違った。ドアに縄がわたされ、白い紙をジグザグに折ったものが三本垂らされている。しめ縄の一種だろう。足もとには盛り塩もしてある。結界を破って侵入するのかと思うと、妙に緊張してきた。

インターホンを押し、応じた女性に名前を告げると、「どうぞ」と素っ気なく言われた。ドアを開けた途端、香を焚《た》く匂いが漂ってくる。受付はなく、三和土《たたき》を上がったところに二人がけのソファがあるだけ。廊下を入ってすぐにあるふすまの向こうから、祝詞《のりと》のようなものを唱《とな》える男の声が聞こえてきた。そこが治療室らしい。

　三分ほどでふすまが開き、二人の女性が廊下に出てきた。一人はスタッフとおぼしき白い作務衣の中年女性。もう一人は年配の女性で、こちらは患者だろう。

「今日もお水を二つお願いしましょうかねえ」年配の女性が財布を開いて言った。

「二本ですね」

　作務衣の女性はいったん廊下の奥に消え、すぐに青い瓶を二本持って現れた。年配の女性はうやうやしくそれを受け取ると、指をなめて一万円札を三枚数え、差し出した。

　さすがに驚いた。治療費は一回三十分の施術で一万円だから、あの瓶が一本一万円するということになる。「お水」と言っていたが、中身はいったい――。

　作務衣の女性に「町村さん、こちらへ」と呼ばれた。圭が立ち上がると、入れ替わりのように年配の女性がソファに腰を下ろし、帰り支度を始める。

　招き入れられた治療室は、八畳ほどの和室だった。マッサージ店にあるようなベッドが置かれている他には、何もない。右手の壁にもふすまが入っていて、となりの部屋と行き来できるようになっている。物音がするので、そこに院長が控えているのかもしれない。

作務衣の女性が白い上下の寝まきのようなものをくれた。彼女が出て行くのを待って、それに着替える。

寝台に座って待っていると、ふすまが開いた。同じく白い作務衣に身を包んだ院長が入ってくる。頬までひげで覆われたその顔は、ホームページで見たとおりだ。

続いて、さっきの女性スタッフが鏡餅《かがみもち》をのせるような木の台を抱えて現れた。野球のボールほどの大きさの銅色の玉が二つ、紫色の座布団に鎮座している。御神鈴の玉だろう。

「町村圭さん、二十三歳ね」院長はカルテのような書類と圭とを見比べながら言った。生年月日などは予約したときに伝えてある。

「うちのホームページをご覧になったとのことだけど、御神鈴を授《さず》けられるのは初めて？」

「はい、初めてです」

「あ、そう。どなたかにうちのことをお聞きになった？」

予想していた質問だ。答えも用意してある。

「実は、僕の叔父がリュウマチで昔この治療院にお世話になったそうで。もう二十年以上前のことなんですけど」

「てことは、前の院長かな」

「鍵山先生という方だったと聞いてるんですが――」

「あ、そう。やっぱり先代だね」

そう聞いてほっとした。ここが鍵山と無関係だったということになれば、交通費と治療費を返せと宇賀神に言われるところだ。

院長が圭の全身に目を走らせる。

「で、どこがお悪いの」

「胃腸です。きりきり胃が痛んで、お腹もしょっちゅう下して。医者にかかっても、神経性のものだと言われるだけで、薬も大して効かないし。もう二年になります」

胃が痛むことはごくたまにあるが、下痢などというのは出まかせだ。病院にも行っていないし、薬も飲んでいない。

「原因に心あたりはある？　ストレスとか」

「あります。僕、大学院生なんですけど、指導教員の准教授がとにかく横暴で――」

とっておきのエピソードを披露した。宇賀神の悪口を語り出すとつい熱が入る。我慢して二つでやめておいた。

院長は「あ、そう」とうなずき、鈍く光る玉を手にとった。

「御神鑰療法というのはね、おまじないなんかじゃなくて、科学だから。あなたお若いし、そういう説明のほうがいいでしょ」

「そうですね」もしかしたら、年寄りにはおまじないのほうを説明しているのかもしれない。

「ストレスというのはね、エネルギーだから。負《ふ》のエネルギー」

「へえ、そんなのがあるんですか」思わず、ディラック方程式でも解いたんですか、と言いたくなった。負のエネルギーというものは、仮定としてはあり得ても、現代物理学では実在が確認されていない。

「で、エネルギーというのはね、『気』だから。負の気、つまり、悪い気だね。今でこそこんなふうに科学的に説明できるけど、昔の人たちは肌でその存在を感じとっていた。それが、邪気ね」

「邪気ですか。なるほど」

「御神鎗という金属は、正《せい》の気を帯びている。銅と金とゲルマニウムの合金だけど、大事なのはその配合比率ね。三つの元素が波動をうまく強め合って、極めて強い正の気を生み出すわけ。だから、この御神鎗の玉で体をさすると、負の気が中和される。中和、わかりますね？」

「中和はわかります」

「がん細胞なんかは、強烈な負の気を放っている。だから当然時間はかかるけれども、辛抱強くやれば中和も可能でね。実際、末期がんが消えたなんて人は大勢いる」

「ホームページで読みました。そういう患者さんの声」

「あ、そう。じゃあ、そういうことでね。はい、うつぶせに寝て」

説明は終わりらしい。言われたとおりにすると、腰のあたりに金属球の重みを感じた。院長が祝詞のようなものを短く唱え、力をこめて玉を転がし始める。女性スタッフも太腿《ふともも》の裏に同じことをしているようだ。体を揉《も》まれているようで、心地よい。このままただマッサージを受けて帰るわけにはいかない。うつぶせのまま言った。

「あの、お訊きしてもいいですか」

「何ですか」院長は手を止めずに応じる。

「鍵山先生が今どちらにいらっしゃるか、ご存じではないでしょうか」

「知らないな。治療院を引き継いだとき以来、付き合いはないのでね」

「もともとお知り合いだったわけではないんですか」

「違うね。私がここを継ぐことになったのは、本部からの紹介だから」

「ってことは、鍵山先生がここで治療院を開く前にどこで何をしていたかなんてことも――」

「わかるわけないね」

院長の動きが止まった。

「あなた、鍵山先生に治療を受けたかったわけ?」明らかに声に険がある。

「いや、そういうわけでは……」

院長が玉を肩の近くにやり、また転がし始める。さっきより力がこもっていて、痛いほどだ。

「御神籤を授けられている間は、邪念を払いなさい。邪念は邪気を呼び込みますよ」

結局、何の情報も得られないまま、三十分の施術が終わった。

宇賀神にどう言い訳しようか考えながら廊下に出ると、玄関のソファにまださっきの年配の女性が座っていた。

圭の会計をしながら、女性スタッフがその先客に声をかける。

「バスの時間、そろそろですよ」

年配の女性は「はいはい、ありがとうね」と言って、ゆっくり腰を上げる。どうやら、近くの停留所にバスが来るまでここで時間をつぶしていたらしい。

玄関を出るタイミングが女性と重なった。バス停がどこかわからないが、前の通りを圭と同じ方向に歩き始める。

「いい先生でしょう」女性のほうから話しかけてきた。

「え？　ええ、そうですね」先に行きかけていたが、歩調を合わせる。

「わたしね、メシエに通い始めてから、ほんとに具合がいいのよ。御神籤さまさま」

「僕は初めてでしたけど、すごく体が軽くなりました」

それは嘘ではない。二人がかりで三十分みっちりマッサージを受けたのだから、当然だろう。

「それでも、先代の先生がいい？」

「ああ……聞こえちゃいましたか」

そこではたと思い至った。

「もしかして、鍵山先生のこと、ご存じなんですか？」

「いえいえ、わたしは通い始めてまだ一年ちょっとだもの。でも、これね――」年配の女性は買い物袋から青い瓶を一本取り出した。「このお水は、先代の先生が考えたものだって話よ」

「どういう水なんですか？」

「富士山の湧《わ》き水に、御神鑰の玉をひと月つけこんであるの。富士山の気と御神鑰の気が合わさって、すごい力になるそうでね。毎朝これを体にふりかけて清めるのが、わたしの日課。このお水はメシエでしか授けていただけないからねえ。ほんとにありがたいこと」

ただの水が一本一万円。いかにも鍵山が思いつきそうなことだ。鍵山はこれに味をしめて、御神鑰グッズの販売を思いついたのかもしれない。

「鍵山——先代の院長が考案したものを、今の院長が受け継いで売っているわけですか」

「先代の先生が辞めて途絶えてしまったんだけど、吉井《よしい》さんが、どうしても授けてくれって今の院長先生にお願いしたんですって。お水の作り方も吉井さんが教えたそうよ」女性は可笑しそうに口もとに手をやる。

「吉井さんというのは、患者さんですか？」

「そうそう。メシエができたときから、月に一度、欠かさず通い続けてるっておっしゃってたわ。先代の先生とも親しくしてらしたみたいでね」

「男性ですか」

「そう。歳はわたしと同じぐらいかしらねえ。心臓に持病をお持ちだそうだけど、御神籤のおかげか、いつも矍鑠《かくしゃく》としてらして」

女性が立ち止まった。電柱のわきにバス停のポールがぽつんと立っている。

「だから、そうね」女性は圭を見上げて言った。「吉井さんなら、先代の先生が今どうしているか、ご存じかもね」

「なるほど、確かに」スマートフォンを取り出し、その名前をメモした。必要になるかどうかわからないが、手がかりは多いほうがいい。

「吉井さんという方は、近くにお住まいなんでしょうか」

「市内じゃなくて、富士宮《ふじのみや》のほうから電車で通ってきてるとは聞いたんだけど――」

女性は治療院のほうに顔を向け、言った。

「来月の一日にメシエに来れば、会えるわよ。よく毎月一日に神社にお参りしたりするでしょう。あれと同じで、吉井さんはいつも一日にいらっしゃるの。朝一番の時間帯にね」

＊

四月十五日
今回は、食事療法の話をしたいと思います。
その目的は自然治癒《ちゆ》力を最大限に高めることで、やることはいたってシンプル。人体に必要なものを摂り、不必要なものを摂らない。現代の日本人は、この基本的なことができていないのです。がんが増えているのも、それが一因かもしれません。
わたしが取り入れているのは、世界的に有名な食事療法である「ゲルソン療法」に、味噌などの発酵食品と玄米食を加えた方法です。ゲルソン療法の基本は次の四つ。まず、塩分を極力摂らない。亜麻仁油《あまにゆ》以外の油脂を制限する。肉や魚などの動物性タンパク質は原則禁止。そして、野菜と果物（無農薬、有機栽培）のジュースを毎日大量に飲む。おわかりのとおり、とりたてて特殊な食事ではなく、ただ健康的なだけのものです。

わたしにこの療法を指導してくださった方が、「食事療法は、がんを、体と心の両方から治す方法なんですよ」と教えてくださいました。ある有名な医学部の教授もおっしゃっているそうです。病気になるということは、生き方が間違っているというサインだ、と。よく、健全なる精神は健全なる肉体に宿る、と言います。その逆もまた真実なのです。

わたしは毎日家族の食事を作っていましたし、それなりにまともな食生活を送っていたつもりでした。それでも今になって思えば、大量の肉と脂、農薬まみれの野菜と果物、濃い味つけと添加物、コンビニ食やファストフードといった誘惑に負けてしまっていたのです。体にがんができる前に、心にがんができていたと言ってもいいかもしれません。食事療法との出会いは、自分の生き方を見つめ直すいいきっかけになりました。

＊

午後一時過ぎの普通列車は空いていた。

ロングシートの端に座る宇賀神は、腕組みをして目を閉じている。宇賀神がこれから蓮見と対決しようとしているのは確かだが、彼に何をぶつけるつもりなのか、肝心なことは聞かされていない。

事態が動いたと知ったのは、今朝のことだ。メシエ治療院でのことを報告すべくオフィスに行くと、宇賀神は苦り切った顔でパソコンをにらんでいた。圭の挨拶には返事もせず、モニターに映る英文をプリンターで打ち出し、圭に差し出した。そして、今すぐ蓮見教授に面会のアポを取れと命じたのだ。

となりの宇賀神が目を開く気配はない。圭はトートバッグから四つ折りにした紙を取り出した。今朝宇賀神に手渡された英文——電子メールのコピーだ。差出人は、ジョセフ・ブラックバーン博士。カリフォルニア大学サンフランシスコ校医学部の教授で、がん免疫細胞療法の権威だという。

メールを和訳すると、次のようになる。

〈親愛なる宇賀神博士

まず初めに、返信が遅くなったことをお詫びします。休暇でしばらくスコットランドに滞在しており、昨日サンフランシスコに帰ってきました。

桜井美冬博士のことは、もちろんよく覚えています。彼女に会ったのは二回だけですが、極めて印象深い出来事がありましたから。彼女の行方がわからないと聞き、とても心配しています。事情が事情ですので、本来なら第三者に漏らすべきでないようなことがらも、高名な宇賀神博士を信用し、可能な範囲でお伝えするつもりです。

桜井博士との最初の出会いは、去年の春に私の大学で開いた研究集会でした。彼女は学外からの聴講者として参加していたと思います。集会のあと、彼女から実験上のテクニカルなことについて個人的に質問を受けました。彼女が深海酵母を使った研究をしているということはわかりましたが、具体的な研究テーマまでは聞きませんでした。

あなたのおっしゃるとおり、次に桜井博士に会ったのは去年の十二月。場所は彼女のいたスタンフォード大学です。ですがこのときは、私が彼女から質問や相談を受けたわけではありません。むしろ、その逆です。

実はその当時、私のもとに、がん研究専門の国際学術誌から、ある論文を査読してほしいという依頼が来ていました。守秘義務がありますので詳しくは言えませんが、深海酵母とがんに関する論文です。筆頭著者は民間企業の研究者で、日本人でした。送られてきた論文の要旨《ようし》に目を通してみたところ、驚くべき——もっと言うと、にわかには信じがたい結論が述べられている。しかも、その企業、日本人研究者ともに、私にとって初めて聞く名前なのです。

もちろん、著者の肩書きによって論文の良し悪しや信憑性が決まるわけではありません。ただ、おわかりいただけると思いますが、論文をどれだけ注意深く審査すべきか考える上で、著者の身元の情報が参考になるというのもまた事実です。私は桜井博士のことを思い出しました。彼女は最近まで日本にいたし、研究テーマもおそらく近い。その著者や企業のことをよく知っているのではないかと思ったのです。

ちょうどスタンフォードの医学部まで出向く用事があったので、その機会に桜井博士のもとを訪ね、事情を話して助言を求めました。論文の中身については、深海酵母に関係したがんの基礎研究だということ以外、何も伝えていません。そして、著者の日本人と企業の名前を告げたとき、彼女の表情が一変したのです。

彼女は深刻な顔で、「その論文のタイトルを教えてください」と言いました。私は「それはルール違反だ」と拒否しましたが、彼女も食い下がってきます。しばらく押し問答を続けていると、信じられないことが起きました。桜井博士が、論文のタイトルを一字一句まで正確に言い当てたのです。

驚いた私は、「もしかしてあなたは、この著者の共同研究者だったのですか？」と訊ねました。そう考えるより他に説明ができないと思ったのです。しかし、彼女は首を横に振り、「その人物と面識はありません」と断言しました。そして、「一つだけ確認させてください。実験結果はすべてポジティブなものだったのですね？」と訊くのです。私は「もちろんそうだ」と答えました。この種の論文では、がんに対して何かが有効に作用した、という結果を報告するのが普通ですから。

桜井博士はしばらく考え込み、最後にこう言いました。「その論文の査読は、お断りになったほうがいいと思います。今わたしに言えるのは、それだけです」と。それを聞いて私は、この論文には何か裏がある、と察しました。研究上の不正行為――捏造、剽窃《ひょうせつ》、盗用――がおこなわれた可能性さえ、頭をかすめました。

私は二、三日考えた末、査読を辞退したいと学術誌の編集委員に申し出ました。それから桜井博士とは一度も会っていませんし、メールや電話のやり取りもありません。

結局、その論文は他の査読者のもとへ回されました。いくつかの修正を経て受理されたようで、先日ようやく掲載されていました。

私にお伝えできるのは、これがすべてです。何かのお役に立てばいいのですが。なお、不正云々の話は、私の想像の域を出ません。宇賀神博士の胸の内だけにおさめていただければ幸いです。

桜井博士がどこかで元気に過ごしていることが一日も早くわかるよう、心から祈っております。そして、いつか三人でビールでも飲めることを。

ジョセフ・ブラックバーン〉

圭は一つ息をつき、紙を折りたたんだ。

メールにあるのが篠宮論文だということは、疑う余地がない。

ブラックバーン教授が提示した謎は二つある。まず、美冬はなぜこの論文の存在を、投稿されたばかりの時点で知っていたのか。これについては、宇賀神が主張するように、論文を書いたのが実は美冬であるとすれば、当たり前のことだ。書いてはいなくても、美冬がＶＥＤＹと密に連絡を取り合っていたのなら、論文の詳細を聞き知っていておかしくはない。

もう一つの謎は、美冬はなぜブラックバーン教授に査読を断るよう勧めたのか、ということだ。教授が言うように、この論文に不正が隠されているとすれば、それは何なのか。美冬はこの論文を世に出したくなかったのだろうか。だとすれば、その理由は。いくつもの疑問が付随《ふずい》してわいてくるが、真相はまだ霧の中だ。

このメールによってわかったこともある。美冬のＶＥＤＹ研究所入りのきっかけが、この論文にあるように見えるということだ。これは時系列から導《みちび》かれる。ブラックバーン教授が篠宮論文の件で美冬を訪ねたのが、去年の十二月。年が明けると、なぜか美冬は研究室に顔を見せなくなり、アメリカと日本を何度も行き来している。そして四月、帰国してＶＥＤＹ研究所に入社――。

つくばで石森に聞いた追試の話が頭をよぎる。圭の中でもやっとすべてがつながり始めていた。宇賀神の言葉がそれを補強する。

「篠宮論文の存在を知った美冬は、海老沼教授に抗議しようとした。だが、それはかなわなかった。そのころの海老沼教授は認知症が進んでいて、病院か施設に閉じ込められていたからです。困り果てた美冬は、情報を求め、VEDY批判の急先鋒であるあなたに接触した。今年に入ってすぐ、あなたと美冬は何度も連絡を取り合っていますね？　おそらく、美冬が一時帰国したときに会ってもいる」

蓮見は肯定も否定もしない。宇賀神は構わず続ける。

「美冬は篠宮論文のことをあなたに伝えた。あの論文がいずれどこかのジャーナルに受理され、世に出てしまう可能性は高い。何とかしなければ、と。あなたたちは危機感を共有した。羽鳥君は、VEDYの元技術者、金谷を訪ね、篠宮という人物について調べもした。そのことも含め、あなたたちはVEDYの内情について知る限りのことを美冬に教えた。

篠宮論文に対するあなた方の淡白な態度も、追試を提案した石森さんを止めたことも、それで説明がつく。敵がイカサマをやったのは明白なわけです。こっちだけがクソ真面目に科学的な反論をするというのは、的外れだ。金と時間のかかる追試も、まだ待ったほうがいい。それより、捏造の事実を直接暴き出す方法はないだろうか。あなたは考えた。そして、ＶＥＤＹをつぶしたいと思うあまりに、やってはいけないことをやった」

宇賀神はあごを引き、蓮見をにらみつけた。

「蓮見さん。ＶＥＤＹ研究所に潜入して捏造の証拠をつかめと美冬に指示したのは、あんたなんだろう？」

圭はもう声を出すこともできず、ただ二人の顔を見比べた。羽鳥も突っ立ったまま固まっている。

蓮見はゆっくり鼻から息を吐き、目を閉じた。宇賀神は声を低くして、一層の怒りをこめる。

「俺はあんたを許さん。美冬を研究者としての死に追いやったのは、ＶＥＤＹじゃない。あんただ。あんたがあいつを殺したんだ」

「――違《ちげ》えよ」羽鳥が横から声を絞り出す。「それは、違う――」

蓮見が目を開き、続きを制した。上体を起こし、「さすがだな」と落ち着いた声を発する。

「見事な推理だが、いくつか補足しておこう。まず言っておくが、もともと桜井さんは、海老沼教授と十年以上会っていなかった。ＶＥＤＹについても、詳しいことは知らなかった。恩師が関わっている、やや怪しげなバイオ関連企業、という程度の認識だったそうでね。だから、去年の三月、教授から突然国際電話がかかってきて、件《くだん》の実験をやってほしいと頼まれたときは、相当面食らったようだ」

蓮見は淡々と説き進める。今度は宇賀神が黙って聞く番になった。

「彼女はそのとき初めてVEDYのことをじっくり調べ、その実態を知った。やはり、憤りを覚えたそうだ。一切関わるべきでないと初めは思ったらしいが、別人のように変わってしまった海老沼教授の様子に、考えを変えた。VEDYに抗がん作用などないことを自らの手ではっきり実証して、恩師の目を覚まさせなければならないと思ったわけだ。これ以上晩節を汚《けが》して欲しくないという思いもあったのだろう。

桜井さんは四ヵ月ほどかけてその実験をした。得られた結果は、先ほど宇賀神さんが言ったとおりのものだ。そして、それをすぐレポートにまとめ、去年の八月、日本の海老沼教授に宛てて郵送した」

「そのときの海老沼教授の反応は？」宇賀神が感情を抑えて訊いた。

「桜井さんの留守番電話に、『受け取りました。じっくり読ませてもらいます』というメッセージが入っていたそうだ。ところが、それからひと月経っても教授は何も言ってこない。しびれを切らした桜井さんが、唯一聞いていた連絡先である携帯電話にかけてみると、もうつながらなくなっていた」

宇賀神はあごを撫で、「でしょうね」とつぶやいた。確かに、海老沼教授の一番弟子、林教授の話によれば、海老沼は去年の夏の時点ですでにどこかに入院しており、携帯電話などの通信手段をVEDY上層部に取り上げられていたようだ。

「したがって」と蓮見が続ける。「レポートが篠宮の手で書きかえられ、論文として投稿されるに至った経緯は不明だ。そのあとのことは、ほぼあなたの想像どおり。私自身、初めて桜井さんからメールをもらい、この話を知ったときは、非常に驚いたよ。電話とメールでやり取りを重ね、対策を練った。彼女はこの部屋にも二度訪ねてきた。二度目は確か――今年の二月だったか」

「二月の中頃」羽鳥が言った。「で、そのときに――」

羽鳥が言いかけるのを、蓮見がまた止めた。

「そのとき、桜井さんはもう心を決めていた。VEDY研究所に潜《もぐ》り込んで、捏造の決定的な証拠をつかむ。さらには、内部からVEDYの正体を暴き出し、これを機にグループをつぶす、と」

「要するに」宇賀神の瞳に険が戻る。「すべて美冬が言い出したことだと言いたいわけですか」

「無論、私は反対した。そんなことまでしなくとも、不正を暴くことはできる。前途ある彼女が、キャリアを棒に振ってまでやることではない」

「あの、一つだけいいですか」圭はおずおずと割って入った。「さっきから思ってたんですが、レポートを書いたのが美冬さんだとＶＥＤＹ側にわかっていたら、そこに研究員として入り込むなんて、不可能なんじゃないでしょうか」

「その点は私も指摘した」蓮見がうなずく。「実は、桜井さんは実験を引き受ける上で、海老沼教授に一つ条件をつけていたそうだ。桜井美冬という名前を、ＶＥＤＹ内部を含めどこにも出さない、という条件だ。ＶＥＤＹに協力したということが知れわたると、彼女自身だけでなく、スタンフォードの同僚や共同研究者たちの信用にかかわる。幸い、あの実験に関することはすべて海老沼教授の独断で、幹部たちにもまだ伝わっていなかったらしい」

「つまり、レポートの著者が美冬さんだということは、ＶＥＤＹの中でも海老沼教授しか知らなかったということですか」

「おそらく。レポートは無記名、封筒の差出人にも偽名を使ったというからな」

「なるほど」

蓮見は視線を宇賀神に戻し、続ける。

「私が止めるのも聞かず、彼女は自らをＶＥＤＹ研究所に売り込んだ。海老沼教授の教え子、そしてスタンフォードの現役研究員という経歴が効いたのだろう。鍵山所長の鶴の一声で採用が決まったそうだ。面接を受けた際も、鍵山をはじめ幹部の誰からもレポートの話は出ず、桜井美冬という名前に心当たりがある様子もなかったと」

「そうやって首尾よく潜入したのをいいことに」宇賀神は顔をゆがめて吐き捨てる。「あんたは美冬にすべてを任せ、様子見を決め込むことにした。ところが九月になって、急に美冬と連絡が取れなくなった。放っていたスパイの失踪にあんたはあせり、出入り業者の営業マン、平田に接近した。だがわかったのは、美冬が黙って退職したという事実だけ。いよいよ困ったあんたは、俺に連絡をよこした」

「俺たちは桜井さんをスパイ扱いなんて――」羽鳥が早口で言いかける。

「あいつを利用したことに変わりはないだろうが！」

声を荒らげる宇賀神に、蓮見が言う。

「そういう見方も可能だということは、否定しない。ただ、何度も言っているように、我々は最後まで反対したのだ。それでも彼女の意志は、こちらが理解に苦しむほどに、固かった。何か強い思い入れがあるように私には見えた」

「思い入れとは、どういう意味ですか」

「わからない。ただ、彼女はこう言っていた。『これは、わたし自身の手でけりをつけなければならないことなんです』――と」

宇賀神は蓮見から顔をそむけ、だらしなく足を組んだ。苦い顔であごに手をやり、虚空に目をやる。

「あなたを騙すような形になったことは、率直にお詫びする」蓮見が頭を下げた。

「しかし、桜井さんがＶＥＤＹに関わっていった経緯を、他にもらすわけにはいかなかったのだ。たとえあなたでも」

＊

タクシーは富山市街を南に抜け、神通川《じんづうがわ》にかかる長い橋にさしかかった。視界が左右に大きく開ける。圭は左の窓に目をやった。頂《いただき》だけ白くなった立山連《たてやまれん》峰《ぽう》が、驚くほど間近に、立体的に見える。

「すごい。きれいというか、迫力ありますね」

隣の宇賀神に言ったつもりが、運転手が答える。

「お客さん、富山は初めてけ。なら、よう見とかれ。明日から雨やちゃ」

圭は相づちをうちながら、宇賀神の様子をうかがった。焦点の合わない目を、遠くの川面に向けている。北陸理科大学でこのタクシーに乗り込んでから、ひと言も口をきいていない。

富山に行くと告げられたのは、三日前のことだ。宇賀神は相変わらず多くを語らないが、その考えを推しはかると、次のようになる。

美冬は海老沼教授と十年以上会っておらず、ＶＥＤＹについても今年になるまでほとんど何も知らなかった。つまり、彼女がVEDYの立ち上げに関わっていたという林教授の推測は、はずれていたことになる。海老沼の「私がこうして新しい道へ進めるのも、彼女のおかげだよ」という言葉の真意を理解するには、もっと前、北陸理科大学時代までさかのぼらなければならない。

そして、美冬が決して他人にのぞかせようとしない過去がもう一つある。母親の死にまつわることだ。

この二つが互いに関係しているかどうかはわからない。ただ、美冬が大学院修士課程まで過ごした街、富山で起きたこれらの出来事が、彼女の謎めいた行動すべての核となっている。それだけは確かなように圭にも思えた。

残念ながら、さっきまでいた北陸理科大学では、何の収穫もなかった。当時をよく知るであろう教授たちはみな定年退職しており、図書室で閲覧させてもらった美冬の卒業論文も同期の宮本に聞いたとおりのものだった。

いつの間にか、車窓の景色に田んぼが目立ち始めている。大きなショッピングモールを通り過ぎると、新興住宅地が広がっていた。

美冬の妹、稲垣千秋《いながきちあき》の自宅はその一画にあった。築後間もない立派な二階建てで、駐車スペースが二台分ある。宇賀神がインターホンを押すと、はしゃぎ声とともにドアが開いた。まだ幼い兄妹のうしろから、千秋が顔をのぞかせた。

通されたリビングで挨拶を交わすと、千秋は「静かにしとられ」と言いつけて兄妹を子供部屋に押し込めた。対面式キッチンで緑茶を淹れる千秋の顔をまじまじと見つめながら、食卓から宇賀神がぶしつけに言う。

「あまり似ていませんね」

「よく言われます」急須を手にした千秋は、うつむいたまま微笑んだ。「わたしは母親似で、姉は父親似なんです。顔だけじゃなくて、性格も」

美冬は面長の美人だが、千秋は丸顔でかわいらしい雰囲気だ。二人も子供がいる母親にはとても見えない。

「やはり、お姉さんから連絡はありませんか」

「ええ。わたし、先週誕生日だったんですけど、今年は電話もメールもくれませんでした」

「お父さんのほうにも、何もないそうです」

「父とお会いになったんですか」

「いえ、一昨日電話で聞きました。ぜひお目にかかりたいと言ったのですが、前に答えたこと以外に話せることはない、と」父親が一人で暮らす美冬の実家も、富山市内にあるそうだ。

「すみません」千秋は頭を下げた。「歳をとって、ますます頑固になってしまって」

「体調がすぐれないようなこともおっしゃっていましたが」

「え、そうなんですか？」千秋が驚いて顔を上げた。「知りませんでした。最近、実家に顔を出してなくて。一度様子を見にいってみないと。まあ、宇賀神さんと会いたくなくてそう言っただけかもしれませんけど」

千秋はおぼんに載せてきた湯呑みを、宇賀神と圭の前にそっと置いた。茶菓子をすすめながら、宇賀神の向かいに座る。

「父と姉はずっとぎくしゃくしたままですけど、父は姉を嫌ってるわけじゃないんです。たぶん、姉とどう向き合えばいいか、わからないんだと思います。罪の意識もあって」

「電話でも申しましたが、できればその『罪の意識』についても、お話をうかがいたいのです。ご家族のプライベートな部分に立ち入ることになって、恐縮ですが」

「いえ、わたしの知っていることは、全部お話しします。やっぱり、姉のことが心配ですから」

「お母さんは、がんで亡くなられたんですよね」

「乳がんです。わたしが小学校二年、姉が六年生でしたから――もう二十六年ですね。ほんとに早い」

「そうでしたか。そんなにお若くして――」

「わたしはとにかくもう、悲しくて寂しくてどうしようもなくて、毎日泣いてばかりいました。ショックが大きすぎたのか、お葬式の記憶もほとんどないんです。親になった今は、母はもっと辛かっただろうなと思いますけど」

千秋はかすかに潤ませた目で、子供部屋のほうを見やった。

「でも、姉はわたしとは違いました。まったくといっていいほど、泣かなかったんです。だからわたし、怒って訊きました。『お姉ちゃん、悲しくないの？』って。そしたら、思い切りほっぺたをひっぱたかれました」

「ほう」宇賀神が声をもらす。

「姉に叩かれたのは、あとにも先にもそれきりです」千秋はうっすら微笑んだ。「姉は、母が死んだという現実を、ある意味わたし以上に受け入れられていなかった。そのとき姉は、『お母さんが死んだなんて、うそだ。そんなこと、あるわけない』と言ったんです」

「あるわけない？」

「わたしも、どういう意味か訊ねました。そしたら姉は怖い顔で、『お母さんのがんは手術でよくなっていたはずだ。だってお母さん、ずっと病院に行っていなかったもの』──と」

「それは……」さすがに宇賀神も首をかしげる。「通院も入院もしていなかったという意味ですか」

「ええ。言われてみればそのとおりなんです。母が乳房の全摘手術を受けたのは、亡くなる三年前でした。うっすらとですが、幼稚園まで迎えにきた父に手を引かれ、母の病室を訪ねたことを覚えています。それから亡くなるまでの間、母はずっと家にいましたし、大きな病院に通っていたという記憶もありません。いつも体は辛そうで、どんどんやせ細っていきましたが、がんが再発していたことはわたしたち子どもには知らされませんでした。いよいよ危ないとなって病院に運ばれて、たった数日で息を引き取ったんです」

「ひょっとして、お母さんは――」宇賀神は眉根を寄せた。「代替療法を――?」

千秋はうなずいた。「わたしがそれを知ったのは、二年ほどしてからです。わたしが四年生でしたから、姉は中学二年ですね。姉はもともと明るいタイプではありませんでしたが、母を亡くしてからは、不機嫌な顔をしているのが当たり前になりました。言うことも急に大人びたので、子どもながらに驚いたのを覚えています。中学に上がると、週末の度に行き先も告げないで外出するようになりました。

そんなある晩のことです。わたしがお風呂から出てくると、居間で姉が父に怒鳴ってるんです。『お父さん、なんでやめさせなかったの!? なんで無理やりにでも病院に連れて行かなかったの!?』って。母にはまともな判断ができないんだから、父がしつかりしないといけなかった――それが姉の言い分でした。最後には、『お母さんが死んだのは、お父さんのせいじゃない！』って、ものすごい剣幕で」

「ああ……」圭は低くうめいた。美冬が同期の宮本に言った台詞と同じだった。

「美冬は――お姉さんは、ずっと調べ続けていたんですね」宇賀神が言った。「お母さんがなぜ亡くなったのかを」

「ええ。わたしたちに本当のことを話してくれる大人はいませんでしたから。姉はたった一人で、親戚や母の知人、近所の人たちに話を聞いて回っていたようです」

圭は嘆息した。美冬はそれに二年もかけたのだ。彼女の母親に対する思いの深さが、真実に対する渇望の強さが、その年月に表れている気がした。

千秋が続ける。「その夜、わたしは姉の部屋に呼ばれ、それまで姉が調べてきたことを聞かされました。腋のリンパ節に再発が見つかったのは、手術から一年半が経ったころだそうです。姉が言うには、そのときすぐ再手術を受けていれば、治る可能性は十分あったと。なのに、母は手術を拒否して、鍼と漢方、そして食事療法に頼ったんです。わたしはそれを聞いて思い出しました。当時、母がわたしたち家族とはまったく違う食事をとっていたことを。玄米に大量の生野菜、得体の知れない黒い飲み物――。

そんなことを続けているうちに、がんは全身に転移していたそうです。それでも母は病院に行こうとしなかった。だんだんその食事もとれなくなって、お腹は腹水でぱんぱんにふくれて、最期には脳までおかされて……わけのわからないことを叫んだり、暴れたり――」

千秋はそこで声をつまらせた。口もとに手をやり、長いまつげを震わせる。涙がひとすじ頰をつたった。

「もう十分です、千秋さん」宇賀神は優しく声をかけた。「辛いことを思い出させて、申し訳ありません」

千秋が落ち着くのを待って、宇賀神が問いかける。

「お母さんが再手術を拒み、代替療法に走ったきっかけは、何だったのでしょうか」

「姉ははっきりとは言いませんでした。今になって思えば、父も無関係じゃなかったのかもしれません。だからわたしにはあえて伏せたのかも」千秋は洟《はな》をすすり、小さくかぶりを振った。「どっちにしても、わたしは今さらそんなこと、知りたくもありません」

最後の言葉に、圭は訊かずにはいられなくなった。思い切って口を開く。

「あの……僕なんかが生意気に、すみません。でも、お母さんが代替療法にはまっていくのを止めることができたのは、やっぱりお父さんだけだったと思うんです。お父さんを恨むようなお気持ちは、まったくないんでしょうか」

「まったくないとは言いませんけど——」千秋は力なく微笑む。「でも、父を責める気にはなれません。わたしも人の親になりましたが、子どもたちのために正しい判断をしてやれているのか、いつも不安です。あの頃の父も、同じだったんじゃないかと思うんです」

「何が正解か、決めきれなかったということですか」

「ええ。だから、母が命の綱だと信じてすがっているやり方を、力ずくでやめさせるようなことはできなかった。そんなことをすれば、母が生きる気力を失ってしまうと感じていたんだと思います。もちろん、わたしの想像ですけれど」

圭は返す言葉に窮した。隣を見ると、宇賀神は腕組みをして、目を閉じている。千秋はうっすら微笑んだまま続ける。

「わたし、性格も母親似だって言いましたでしょう。だから、母の気持ちがなんとなくわかるんです。乳房を丸ごと切り取られて、それでもだめで、もう一度切ると言われたら、ほんとにそれでいいのかなと思うかもしれません。そんなとき誰かが、わたしの不安に共感してくれて、こうしたほうがいいよとはっきり言ってくれて、わたしがそれに納得できれば、そっちを信じるかもしれない」

「科学的根拠がなくても、ですか」圭は訊いた。

千秋は目を伏せた。だがその様子に反して、きっぱりとした口調で答える。

「わたしに科学のことはわかりません。でも、科学にもわたしのことはわからない。ついそう思いたくなるんです。お二人や姉にしてみれば、愚かなことでしょうけど」

＊

五月二十日

前回のブログから一ヵ月以上経ってしまいました。実は先月から、深海酵母を広める活動を始めたのです。それに疲れてしまって、パソコンに向かう余力がありませんでした。

発案者はわたしではありません。このブログがご縁でできたお友だち、ハナコさんです。こんな素晴らしいものを二人だけで独占していては、ばちが当たると言うのです。わたしとは違い、さすがハナコさんはしっかり者。まずは知り合いに声をかけ、頒布《はんぷ》会を開く。するとそこから口コミで一気に広がるはず、と方針を立ててくれました。

おまけにハナコさんは顔も広いのです。四月の末にわたしの自宅で開いた第一回頒布会には、近隣の町から十一人もの方が集まってくださいました。みなさんがん患者で、代替医療に興味をお持ちの方ばかり。懇親会のあと、みなさん大喜びで深海酵母をお持ち帰りになりました。念のため申し添えますが、お代などはいただいておりません。

それから三週間が経ち、続々と反応が届いています。体が軽くなった、食欲が戻った、痛みが消えた、と驚きと喜びの声ばかり。頒布会の参加者から話を聞いたという方からの問い合わせメールも、早速何通か来ています。本当にうれしいことです。

頒布活動で少し無理をしてしまったのでしょうか。ここ一週間ほど体調がすぐれません。深海酵母を飲む量を増やしていますから、そのうちよくなるとは思うのですが。

＊

ノックをしてオフィスに入ると、宇賀神は壁の鏡に向かっていた。派手な水玉模様のネクタイを結んでいる。

「お出かけですか？」

「衣装合わせだ」結び目の位置を直しながら言う。

「衣装合わせ？」言われてみれば、書棚に引っ掛けたハンガーに色とりどりのワイシャツがかかっている。テーブルには新調した数本のネクタイと、その空き箱が散乱していた。

「どうだ、シャツと合ってるか?」宇賀神が振り向き、あごを上げる。今日は珍しく機嫌がいい。

「ああ……いいと思います」

「ま、センスのかけらもないやつに言われてもな」

「だったら訊かないでくださいよ」口をとがらせて訊く。「また取材ですか?」

「お前にはまだ言ってなかったか。ほれ」宇賀神は机の上の書類をつかみ、差し出した。

「〈ニュースタイム10 次世代のゲンバ!〉——」大きく書かれた標題を読み上げる。テレビ番組の企画書らしい。「ニュースタイム10」は、人気キャスターが司会の夜の報道番組だ。

「先生、これに出るんですか?」

「『次世代のゲンバ!』という新コーナーが始まるそうだ。各業界の若きトップランナーの仕事場を訪ねるという企画で、記念すべき第一回に、どうしても俺に出てほしいんだと」宇賀神はまた鏡をのぞきこみ、前髪を整える。

「すごいじゃないですか、『ニュースタイム10』なんて。収録はいつです?」

「収録じゃない。生中継だ」

「へえ、珍しいですね」

「あの軽薄なキャスターと生でやり取りするというのが企画の肝らしい。おおかた、何か突拍子もない質問でもさせて、面白くしようってことだろう」

「なるほど」

「金曜の夜、ここと実験室にカメラが入る。お前の責任において、撮影までに実験室を片付けておけ。あまりやりすぎるなよ。リアリティが感じられる程度に乱雑に、かつ美しく、だ」

「そんな、難しすぎますよ」

「ちゃんとやったら、お前もカメラに映らせてやる。ただし、そのダサい格好ではだめだぞ。うちのラボはすべてがスタイリッシュでないといけない。彼女にまた洋服を見立ててもらえ」

「は？　彼女？」

「しらばっくれるな」宇賀神が舌打ちしてにらみつけてくる。「山本に聞いたぞ。こないだのボブの子にジャケットを選んでもらったんだろうが」

「ああ……」

先日そのジャケットを着て大学に来たとき、同期の山本にからかわれて、つい口をすべらせてしまったのだ。

「つたく、俺に黙ってこそこそと」宇賀神は荒っぽくネクタイをほどく。「――すみません……でも、付き合ってるとかそういうわけじゃ――」

「悪いと思うのなら、お前が次にやるべきことは何だ？」

「――あのボブの子に、お願いしてみます」つまり、前回とは違うメンバーで合コンを開いてほしいと頼むのだ。

「わかってるならいい。で、何の用だ？」

「あ、そうそう」手をこすり合わせて言う。「明日は十一月一日なので、もう一度富士市のメシエ治療院に行ってみようと思うんです。すみませんが、交通費を――」

「例の、古株の患者に会いに行くのか」宇賀神が眉をひそめる。「行くのはいいが、見込みはあるんだろうな？」

「それはわかりませんけど、鍵山の過去をたどるには、そこしかもう手がかりが」

宇賀神は短く息をつき、上着の内ポケットから長財布を抜いた。


バスでも待つようにして停留所に立ち、スマートフォンで時刻を確かめる。そろそろだ。

五分もしないうちに、さっきの男がメシエ治療院から出てきた。通りをこちらに歩いてくる。年齢は七十代というところか。姿勢がよく、足取りも速い。

　圭は朝九時前にここへ来て、この男が治療院に入っていくのを確認していた。前回ここで出会った女性患者によれば、吉井はいつも朝一番にやってくるとのことだったからだ。

　男が圭の横を通り過ぎようとしたタイミングで、「すみません」と声をかける。

「失礼ですが、吉井さんでしょうか？」

「あ？　そうだけど？」吉井は足を止め、怪訝な顔で見上げてくる。

「突然すみません。町村と申します」治療院のほうを指差して、笑顔をつくった。

「僕もメシエの院長先生にお世話になっているんですが、そこで吉井さんのことを聞きまして」

「私の、何を？」吉井は目をむいているが、敵意のようなものは感じない。純粋に面食らっているようだ。

「メシエができたときから通い続けていらっしゃると」

「ああ、もう二十年以上になるけど」

「で、先代の鍵山院長とも親しくしておられたとうかがいまして」

「鍵山先生のこと、知ってるの？」吉井はさらに大きく目をむいた。

「叔父が昔、治療を受けたんです。すごい効き目だったと聞いたので、僕も鍵山先生の施術を受けてみたいなと思いまして」すらすら嘘が出てくる自分に、軽い嫌悪感を覚える。

電車の時間があると吉井が言うので、富士駅まで一緒に行くことにした。

「鍵山先生が今どこにいらっしゃるか、ご存じではありませんか？」歩きながら訊いた。

「今？　今は知らない。ここを辞めたときは、東京に行くと言ってたけど」

「そうですか……」いかにも失望したように肩を落とし、「ちなみにですが」と問いを重ねる。

「鍵山先生は、名古屋の本部道場で研修を受けて、すぐにメシエ治療院を開いたんですよね？」

「そう聞いたけど」

「その前は、どこで何をされていたんでしょう？」

「何て言ってたかな」吉井は視線を上にやって記憶をたどる。「はっきり思い出せないけど、やっぱり何かの先生だったはずだよ。整体だったか、接骨院か」

「富士市でですか？」

「いや、あの人、静岡の人じゃないもん。彼の地元じゃないかな」

「地元はどこですか？」

「高岡《たかおか》だよ。富山県の」

「富山？」

思わず立ち止まった圭の顔を、吉井はまた目をむいて見上げた。

富士駅で吉井と別れると、すぐにスマートフォンを取り出した。

ブラウザを立ち上げ、高岡市について調べてみる。富山県内では、先日訪ねた富山市に次ぐ第二の都市だという。位置は富山市の西、別の小さな市をはさんで二つとなりだ。

鍵山の出身地は、美冬と同じ、富山だった。もちろんそれは、ただの偶然かもしれない。それでも、心がはやるのをどうしても抑えられない。

新幹線の新富士駅へ行くバスが来るまで、十五分ほどある。宇賀神にまず電話で報告しておこうかと思っていると、スマートフォンが震えた。その宇賀神からの着信だ。

「もしもし、ちょうど電話しようとしてたんです」

「そっちはもう終わったんだな？」

「はい、面白いことがわかりましたよ。実は――」

「それはあとで聞く」宇賀神が鋭くさえぎる。「東京駅には何時に着く？」

「たぶん、十二時には」

「では十二時に、北陸新幹線の乗り場で待ち合わせだ」

「北陸新幹線？　どういうことです？」

「もう一度、富山に行く」

「何かあったんですか？」

「千秋さんから電話があった。三日前、お父さんが倒れたらしい」

「え!?」

「心筋梗塞《しんきんこうそく》らしいが、今のところ命に別状はない。富山市内の病院に入院している」

「でも、なんで宇賀神先生が？」

「お父さんが、俺と話がしたいと言っているそうだ」


富山駅についたのは、午後三時前だった。吉井から聞いたことは新幹線の中で宇賀神に伝えてある。

駅前からタクシーで県立病院に直行する。前回とはうってかわって、空は陰鬱な鉛色だ。立山連峰は山すそさえ見えない。日照時間の短い北陸の冬が、すぐそこまできているのだろう。

受付で病室の番号を聞き、エレベーターで五階に上がる。桜井精司《せいじ》が入っているのは、小さな個室だった。

宇賀神が扉を控えめにたたくと、千秋が廊下に出てきた。さすがに疲れた顔をしている。

「何度も来ていただくことになって、本当にすみません」千秋は後ろ手に扉を閉め、深々と頭を下げる。

「お父さんのご様子は？」宇賀神が訊いた。

「おかげさまで、もう落ち着いています」千秋は抑えた声で言う。「ここの救命救急センターに運ばれてすぐにカテーテル治療をしてもらったのがよかったみたいです」

「そうですか。ひとまず安心ですね」

「でも、ほんとに運がよかったんです。ちょうど、近所のおそば屋さんでお昼を食べていたときに発作が起きたみたいで、すぐ救急車を呼んでいただけて。もしこれが一人で家にいるときだったらと思うと――」

千秋は口に手をやり、小刻みにかぶりを振った。

「体調がすぐれないとおっしゃっていたのは、やはり本当だったのですね」宇賀神が言う。

「宇賀神さんとお会いした次の日、実家まで父の様子を見に行ったんです。そしたら、最近みぞおちが痛むとか息苦しいとか言うので、わたしも付き添うから一度病院で診てもらおうよ、と話していた矢先でした」

そのとき、病室の中からかすかに声が聞こえた。千秋が扉を少し開くと、それが廊下にまで届く。「――はやく入ってもらえ」
千秋にうながされ、宇賀神に続いて中に入った。
桜井精司は、背を上げたベッドにいた。長身の体にはまだ何本か管がつながってい
る。髪には白いものが混じり、目もとの皺《しわ》は深い。だがその端正な顔立ちには、写真
で見た美冬の面影が確かにあった。
「先日はお断りしておきながら、申し訳ありません」精司が顔だけこちらに向ける。
「こちらこそ、会っていただけると聞いて馳《は》せ参じましたが、どうかお体に障《さわ》らない
程度に」
精司と目が合ったので、圭も名を名乗った。宇賀神が、「うちの大学院生です。い
ろいろ手伝ってもらっています」と付け加える。
精司が点滴の挿《さ》さった腕を見た。「こんなことになって、考えが変わりました。今
度同じことが起きたら、どうなるかわからない。何とか美冬を捜し出してもらって、
顔を見ておきたい。そのためにも、宇賀神さんにすべてをお話ししておいたほうがい
い。千秋、お前にもや」
精司の言葉に、千秋が黙ってうなずいた。精司は視線を宇賀神に戻す。
「千秋もうすうす感じているとおり、妻の美千子《みちこ》があんな療法にはまり込んだきっか
けは、私にある。美冬が私を許そうとしないのも当然なんです」

精司は顔を天井に向け、続ける。

「私は若いころから腰痛に悩まされていましてね。ずっと近所の整体院に通っていました。ちょうど美千子のがんの再発がわかったころ、そこの院長から聞いたんです。どんな病気も治すと評判の鍼灸師がいると。医者も見放した末期がんから生還した人が何人もいるというんです。私は早速妻にその話をして、鍼なら病院に通いながらでもできるんじゃないか、と勧めました。もちろん、私はすべてを真に受けていたわけじゃない。ただ、病院の治療でも民間療法でも、効くと言われているものは何でも試してみればいいと思っていた。

でも美千子は違いました。初めてその鍼灸師のもとを訪ねた日から、すっかり心酔してしまったんです。『先生に悩みを聞いてもらって、鍼も打ってもらって、身も心も軽くなった』と、明るい顔で帰ってきました。帰り際、先生から『もう病院に行ってはいけません。がんを治したければ、すべて私の言うとおりにしなさい』と言われたそうです」

「食事療法や漢方も、その鍼灸師の指示で――？」宇賀神が確かめた。

「そうです」精司が小さくうなずく。「妻は毎週欠かさず鍼灸院に通い、いろんな指導を受けてきました。これを食べろ、あれは食べてはいけない、と。今考えれば、玄米や無農薬の野菜ぐらいで、がんがどうにかなるわけがない」

「奥さんが飲まれていた黒い液体というのは、漢方薬ですか」

「おそらく。でも中身は今もわかりません。先生は患者にあれこれ質問されるのを好まないとかで、美千子は何も訊ねなかった。すべて無条件に受け入れていたんです」

「お父さんは、病院に行けって言わんかったが？」千秋が地元の言葉で言った。

「何回も言うたわ。当たり前やちゃ」精司はそう言って宇賀神に向き直る。「半年ほど経ったころ、私は業を煮やし、美千子を連れて鍼灸院まで直談判に行ったんです。先生は思ったより若い人で、三十代ぐらいに見えた。先生は私たちに言いました。『どうしても病院に行くというなら、私はもう美千子さんを診られません。病院に行けば何らかの薬を投与されるでしょう。美千子さんの体がせっかくいい状態に向かっているのに、そんな化学物質を体内に入れたら、元の木阿弥《もくあみ》です。これまでやってきた鍼も食事療法も、全部無駄になりますよ』と」

「疑似科学商法の常套句《じょうとうく》ですね」宇賀神が言った。「効くまでやめるな。やめたらすべてがゼロに帰《き》する——」

「美千子にとって、その言葉は決定的でした。もう先生だけを信じて突き進むしかなくなった。それから一年余りで、美千子は死にました。あんなに苦しんで亡くなるさまを見せてしまっておいて、まだ小学生だった娘たちに本当のことなど言えるはずがない」

先ほど、宇賀神はカメラとともに移動し、オフィスに入った。圭たち学生もあとに続き、廊下の邪魔にならない位置で見物する。ドアは全開にされていたので、少し離れたところからでもよく見えた。

台本によると、オフィスでは〈生命科学者・宇賀神崇の生きざまに迫る〉ことになっている。革張りの椅子に座った宇賀神は、いかにも余裕のある表情で、キャスターとモニター越しの会話を続けている。キャスターが冗談まじりの問いを投げてくるたびに、宇賀神は外国人ばりの大げさな身ぶりと気取った笑顔で軽妙に応じた。今は、将来の夢について語っている。

「――要するに、生とは何か、死とは何か。それを知ることで、生命の本質が見えてくると思うんです。そして――」宇賀神はけれん味たっぷりにためをつくる。「我々が、笑ったり泣いたり、愛したり愛されたりしながら、たかだか数十年の人生を生きる意味も。それを自分なりに理解してから死ぬ。それが夢ですかね」

「うーん、なるほど」キャスターがうなった。「では、陳腐《ちんぷ》だと怒られそうですが、訊いちゃいます。意外と個性が出る質問なんでね。ずばり、宇賀神さんにとって『科学』とは？」

「科学、ですか――」宇賀神はあごに手をやって、きめ顔をつくった。「ひと言で言うと、ゲームですね。この美しくも残酷な世界の仕組みを解き明かすゲーム」

「素晴らしい。お訊きしてよかった。あ、お時間がきてしまったようです。最後に、視聴者のみなさんに、とくに若い世代に向けて、何かメッセージを」

「サイエンスは一生をかけるにふさわしいゲームです。クリアされていないステージは無限にある。つまらん世の中だとふてくされているそこの君。君の挑戦を待っています。それから――」

宇賀神はぬっと顔をカメラに近づけ、人差し指を突きつけた。

「私を十二回連続で振った、そこの君。君にもひと言。お父さんが倒れたぞ。できれば私に、それが嫌なら妹さんに連絡をよこせ。以上」

モニターに映るキャスターは、文字どおり目を丸くしている。何も言葉を発しないうちに、モニターの映像が消えた。中継クルーのディレクターが、慌てて「え、はい、CM入りましたー」と告げる。

隣にいた山本が冷たい声で、「何今の。放送事故？」と言った。圭は「さあ」と頬を引きつらせる。

カメラの前の宇賀神はそ知らぬ顔で立ち上がり、「お疲れさん」と言った。

ろう。

　もちろん、ネット上ではかなり話題になっている。その場面を切り取った動画も拡散されていて、圭が見た動画には〈珍事！　慶成大の准教授、生放送で片思いの女性にメッセージ!?〉というタイトルがついていた。幸い、というべきだろうが、どの記事やサイトを見ても、その女性が誰かはまったく特定されていないようだ。

　放送後、どこまで本気であんな真似をしたのか、宇賀神に訊いてみた。宇賀神は自信満々に「メッセージは絶対に届く」と言った。昔から宇賀神をあからさまにライバル視している美冬は、宇賀神がどんな論文を書き、どんな媒体でどんなことを言っているか、常にチェックしている、というのだ。

　その後とくに動きもないまま週が明けると、圭はそれどころではなくなった。またしてもコンタミ——実験室の汚染——が発生し、研究室のメンバー数人が培養していた動物細胞が全滅してしまったのだ。

　容疑者は例によって四年生の女子学生。月曜日はとくに大変だった。二ヵ月かけてやってきた実験をおじゃんにされた山本が、その四年生をみんなの前で怒鳴りつけ、泣かしてしまったのだ。圭が必死になって山本と四年生をなだめていると、駆けつけた宇賀神に今度は圭が怒鳴られた。

　それから二日間、実験室は休業状態で、圭はコンタミの対処に追われている。培地《ばいち》に添加する抗生物質か血清が汚染されていたようだが、はっきりしたことはまだわからない。

夜十時を回った。さっきまで圭を手伝ったり、論文を読んだりしていた学生たちは、みんな帰ってしまった。まだ夕食も食べていない。コンビニにでも行こうと、財布を手に出入り口に向かうと、ドアが開いた。宇賀神が立っている。

「どこへ行くんだ」圭の財布をちらりと見て、怖い顔で言う。革のかばんを提げているので、帰宅するところだろう。

「えっと、その……ちょっとそこのコンビニに……」

「俺の指示を忘れたのか。問題が解決するまで、一歩も学外に出るなと言っただろうが」

「だってもう、生協も閉まってるし。まだ夕飯を――」

「知るか。腹が減ったなら、マウスのエサでも食え。何度も何度もラボの仕事を停滞させておいて、人並みに飯が食える身分か」

「そんな、なんで全部僕のせいに――」

「いいか、明日の朝には絶対に実験を再開できるようにしておくんだぞ。わかったな」

言いながら、宇賀神が上着の内ポケットに手を差し込んだ。電話がかかってきたらしい。取り出したスマートフォンの画面を見るなり、ぴくりと眉を動かす。

「――もしもし」宇賀神は厳しい顔で電話に出る。

たっぷり十秒は間があった。その無音に、圭は直感した。美冬だ――。

「――久しぶりだな。俺のテレビ映りはどうだった」

宇賀神は圭に背を向けると、照明の落ちた廊下のほうへゆっくり戻る。

「相変わらず手厳しいな」小さく肩を揺らして言った。「うちの教務課の女性陣からはほめられたぞ。素敵でしたと」

圭は、そばに行きたい気持ちをぐっとこらえ、耳に全神経を集中させる。

「――大丈夫だ。心筋梗塞だったが、容体は安定している。まだ県立病院に入っているが、千秋さんがついてる」

宇賀神が廊下の窓に向かって立ったので、その表情が見えなくなった。

「そう怒るな。別に騙したわけじゃない。それにお前だって、何か察したからこそ、妹さんではなく、俺に電話を寄越したんだろ？」

宇賀神は、空いた右手をパンツのポケットに突っ込んだ。相手からは見えないのに、格好をつけているように見えた。ややあって、宇賀神が小さくうなずく。

「――そういうことだ。ブラックバーン教授からメールをもらい、お父さんからも話を聞いた。お前が何をしたかったのか、俺なりに理解したつもりだ。一人で落とし前をつけたいという気持ちはわからんでもないが、もういいだろう。こっちもそれなりに時間をかけて調べたんだ。そろそろ口出しさせてくれ」

静まり返った暗い廊下に、宇賀神の声だけが響く。

「ああ、わかってる。それについては、俺に一つ考えがある。で――」

宇賀神がわずかに顔の向きを変え、その表情が窓に映った。どこか悲しそうな目を、遠くの夜空に向けている。

「美冬。お前、今どこにいるんだ」

美冬は答えているらしい。宇賀神は冷静に、「ああ」「うん」と相づちをうっている。美冬の説明は、五分近くに及んだ。

「――それで、海老沼教授の状態はどうなんだ」

そういうことか――圭は息をのんだ。美冬は今、海老沼教授と一緒にいるのだ。

また宇賀神が聞き役にまわる。しばらくしてから、言った。

「――わかった。ということは、早くて今週末だな。また電話してくれ」

宇賀神は、あっさりした別れの言葉を告げ、電話を切った。

圭は待ち切れずに駆け寄った。質問がいくつも口の中にたまっている。それがこぼれ出る寸前、宇賀神が命じた。

「圭、すぐ平田に連絡をとれ」

「平田って、マカベ理化の平田さんですか？」

「明日、朝一番に俺のオフィスだ。来れば今月から営業成績トップにしてやると言え」

＊

七月二十七日
昨日のブログですが、書いておきながら、公開するのを忘れていました。でも考えてみれば、わたしのありふれた思い出話など、世間様に披露する必要はありませんね。深海酵母のことも、もういいのです。ブログとして書くのはおしまいにします。
これからは、ベッドで横になっているしかないわたし自身のなぐさめとして、思いのままに綴《つづ》っていこうと思います。この書きつけのことは、主人と娘にも言わないでおくつもりです。わたしが死んだずっとあとに、たまたま見つけて読んでくれるのは構いませんけれど。
さて、前回の続きです。わたしたちは翌年の春、身内だけでささやかな式を挙げました。子どもには長い間恵まれませんでした。やっと授かったのは、ほとんどあきらめかけていた八年目の秋。難産でしたが、助産婦さんからその小さな体を預けられ、初めてこの胸に抱いたときの感動は、とても言葉にできません。わたしはこの瞬間のために生まれてきたのだ、と本気で思ったほどです。

娘が一歳になった夏、初めて海に連れて行きました。主人と行ったあの海岸です。波打ち際で、主人のとなりにちょこんと座った娘がこちらに振り向いた写真は、わたしの一番のお気に入りです。もうすっかり色あせてしまいましたが、今も肌身離さず持っています。

主人は、仕事さえできれば他に何もいらないという人です。朝早く家を出て、帰りは遅い。家にいるときも、心ここにあらずで仕事のことばかり考えている。そんな生活がもう三十年以上続いてきました。そう言うと、家庭をかえりみないひどい夫と思われるかもしれません。でも違うのです。主人はずっと変わらずにいてくれました。初めてのデートで、わたしの靴の砂の心配をしてくれたときのままで。

仕事をしているときの主人は、別の世界に行ってしまっているようなものです。あの海岸で、海の話に夢中になっていたのと同じ。でも、ふと我に返り、こちらの世界に戻ってくると、真っ先に、必ず、わたしの心配をしてくれるのです。昨日咳《せき》をしていたが、大丈夫か。食器棚の戸が開かないと言っていたが、その後はどうだ。お前のハンドバッグがくたびれているように見えたが、買い換えたほうがいいんじゃないか——。靴の砂のように、その心配がピントはずれなときは確かにあります。でも、そんなことが大した問題でしょうか。わたしは、主人に感謝しています。わたしは、幸せでした。

死ぬことは、怖くはありません。亡くなった両親にあの世で会えると思うと、ふっと力が抜けるような安堵さえ覚えます。

怖いのは、愛する家族との別れです。ただそれだけです。

＊

宇賀神のBMWは、東京湾アクアラインで木更津《きさらづ》に入り、圏央道《けんおうどう》、国道と走って房《ぼう》総《そう》半島を横断してきた。薄雲がとれる気配はないが、午後になってときおり日も差している。

左手に、二両編成で走るいすみ鉄道の列車が見えた。無言の車内に息がつまりそうになっていた圭は、これ幸いと話を振る。

「懐かしいなあ。高校二年の夏休み、鉄道オタクの友だち二人と、千葉ローカル線の旅ってのをやったんですよ。小湊鐵道《こみなとてつどう》といすみ鉄道を乗り継いで、九十九里《くじゅうくり》浜《はま》まで。海に着いたら、まわりはカップルと家族づればっかりでね。三人で妙に落ちこんで帰ったのを覚えてます」

自虐的な思い出話にも、宇賀神は表情を崩さない。

「先生は、行ったことあります？　九十九里」

ハンドルを握る宇賀神は、正面を見つめたまま言う。

「――昔、美冬とドライブに来た。夕暮れの浜辺を、散歩した」

「へえ、ロマンチックじゃないですか」

「俺はそういう雰囲気にもっていきたかったが、あいつは俺との会話そっちのけで、ずっと貝殻を拾っていた」

「貝殻ですか。なんでまた」

宇賀神は小さく肩をすくめ、また黙り込んだ。

国道一二八号を南下し、御宿《おんじゅく》の街中に入る手前で左に折れる。方角的には海に向かっているのだが、道はどんどん山の中へと分け入っていく。アスファルトに小さなひびが目立つ、片側一車線。すれ違う車はない。

S字にくねるカーブをいくつか過ぎ、坂を下っていくと、視界が開けた。左前方、海に突き出た岬《みさき》の上に、その施設が見える。美冬と海老沼教授がたどり着いた、束の間の安息の地だ。

民間の老人ホーム「岬の家」は、古い三階建てだった。圭が調べたところによると、ある企業の保養所として建てられたものを改修したらしい。広い駐車場には車が十台ほど停まっていた。職員のものだろう、大半が軽自動車だ。

玄関に足を踏み入れると、潮の香りと消毒液の匂いが混ざり合う。窓辺に置かれた応接セットに老人が二人座っていた。一人は窓の外を見つめたまま微動だにしない。海がよく見えるのだ。もう一人は生気のない目で圭たちの動きを追っている。

受付で宇賀神が名前を告げた。美冬が話を通しておいてくれたらしく、受付の女性は「ああ、海老沼さんね」と言って、海のほうを指差す。

「今ね、お散歩に出てるんですよ。娘さんと一緒に」

食堂や娯楽室が並ぶ廊下を進む。つきあたりのスチールドアを押し開くと、チャイムが鳴った。入居者が一人で出ていくのを防ぐためだろう。目の前に海が広がる。テラスの向こう、二メートルほど下は、もう砂浜だ。

テラスから浜辺へとのびる手すり付きのスロープは、そのままコンクリートの遊歩道となり、砂浜に沿って五十メートルほど続いている。その突端に、車椅子の男性と、そのハンドルを握る女性の姿が見えた。男性は海に、女性はこちらに顔を向けている。

宇賀神のあとについて、角の崩れた遊歩道をゆっくり進む。近づくにつれ、緊張が高まる。このひと月あまりの間、あそこにいる二人、そして鍵山のことばかり考えてきた。にもかかわらず、対面するのはこれが初めてなのだ。

宇賀神が歩みを止める。美冬たちまで三メートルほどだ。

圭の予想どおり、美冬は長身の女性だった。たぶん百七十センチほどある。海風が吹きつけて、その美しい顔に長い黒髪がまとわりついた。

「いいところだな」宇賀神が言った。

「施設長さんが話のわかる人でね。一、二ヵ月の間ならと、事情も詮索せず受け入れてくれた」

美冬は髪を耳にかけ、圭に視線を移す。

「そちらが、例の院生さん？」

「あ、はい、町村です」慌てて頭を下げる。「はじめまして」

「こいつになら何をしゃべっても大丈夫だ。頭もかたいが、口もかたい」

会話に反応したのか、海老沼教授がゆっくり首を回した。白濁した瞳は宇賀神に向けられたが、焦点が合っているようには見えない。言葉を発する様子もなかった。写真で見た顔から、さらに頬がこけている。白髪もいくぶん薄くなったようだ。今気づいたが、左腕にギプスをはめている。肘のあたりだ。宇賀神がそれを指差した。

「骨折か？」

「最後に入っていたグループホームが、ひどいところでね。環境も、職員も。どこでも厄介者扱いされて、行き場のなくなったお年寄りが押し込められているような施設だった。先生、徘徊《はいかい》がひどくて、夜中に施設から出て行こうとしたんだって。連れ戻そうとした職員に相当荒っぽいことをされたらしくて、転んでこんな怪我を」

海老沼は興味を失ったのか、砂浜に目を落としている。

「教授は、お前が誰かもわかってないんだろ？」宇賀神が訊いた。

「うん。ここの職員さんたちには、わたしは先生の娘だと言ってある」

「実際、実の娘なみの献身ぶりだと思うぜ」

宇賀神の言葉に嫌味や揶揄の色はなく、ただ疑問だけが感じとれた。いくら恩師とはいえ、どうしてそこまで——という疑問だ。

海老沼が目の前の砂浜を指差し、低くうめいた。美冬は数歩進み出ると、「これですか」と薄緑色の美しい貝殻を拾い上げた。おそらくタカラガイの一種だ。それを海老沼の手に握らせながら言う。

「北陸理科大の生命科学科ではね、五月になると新入生を一泊二日の野外実習に連れていくの。まあ、教員や同級生と親交を深めてもらうための、遠足みたいなもの。わたしが修士二年のとき、ティーチング・アシスタントとしてその実習に参加した。その年は能登《のと》半島をぐるっと回るコースで、大学に帰る途中に雨晴《あまはらし》海岸に立ち寄ったの」

「源《みなもとの》 義経《よしつね》が雨宿りしたとかいう海岸だな」

「新入生が浜辺を散策している間、わたしは一人、砂浜で貝殻を拾っていた。きれいなサクラガイがたくさんあったの。ふと人の気配を感じて顔を上げると、先生が立っていてね。先生は、わたしの手のひらいっぱいのサクラガイを見て、言った。『貝というのは、高潔な生き物だね。ひっそり生を受けて、ひっそり暮らして、ひっそり死んで。そのあとに、美しい貝殻だけを残す』って。

わたしは半分本気で、『わたしが死んだら、骨は海にまいてもらいます。海に溶けたカルシウムを、貝殻を作るのに使ってもらいたい』と言った。先生は、『若いのに、もう死んだときの話か』って、笑ってた。わたし、なぜだかわからないけど、そのとき初めて自分から、十一歳のときに母を亡くしたことを話したの。もちろん、それ以上のことは何も言わなかったけど」

美冬は宇賀神ではなく、海老沼に語りかけるようにして続ける。

「わたしはその頃、進路に悩んでいてね。博士課程に進みたい気持ちはあったけど、研究者になる自信はなかった。就職活動を始めるなら今しかない。でも、やりたい仕事があるわけじゃない。進学するにしても、このまま海老沼研にいていいのかもわからない。先生は、そんなわたしの迷いをよくわかってくれていた。そのときかけてくださった言葉は、ほとんどそのまま覚えてる。

拒否して、代替療法にはまってしまったの」

宇賀神が口を開く前に、美冬がうなずく。

「そう、うちの母と同じ」

「残念なことだ」宇賀神は息をついた。

「奥様は、自分の闘病体験をブログに綴っていた。今は閉鎖されているけど、奥様が使っていたノートパソコンを娘さんが今も持っていて、その中に原稿が全部残っていた。わたしに見せたいものというのは、それだったの」

美冬はひと呼吸おいて、続ける。

「最初のブログを読んで、驚いた。ブログを始めた理由は、『深海酵母』を世間に広めたいからだ、と書いてあったから」

「深海酵母？」圭は思わず声に出していた。「VEDYってことですか？」

「その答えが、八月末のブログに書いてある。病状がかなり悪化した時期。未公開分だから、ブログというより、日記のようなものだけど――」

そう言って美冬が語った中身は、驚くべきものだった。

八月二十八日
今年はとくに残暑が厳しいそうですね。思い上がりとはわかっていますが、神様がわたしのために夏を引き延ばそうとしてくださっているような気がしてきます。

腹水がたまり始め、体の痛みもだんだんひどくなっています。在宅で緩和ケアをやってくださる医院を、娘が探してきてくれました。娘と主人にこれ以上迷惑をかけられませんので、そこにお願いすることにいたしました。

代替療法の類いはもう何もやっていませんが、深海酵母だけは最期まで飲み続けるつもりです。主人にはいつも、「痛みが強いときも、深海酵母を飲むと、少し楽になるのよ」と言っています。それは、けっして嘘ではないのです。

わたしに深海酵母を与えたのは、主人です。これまで試してきた代替療法とは違って、主人の深海酵母は確かに効果がありました。少なくとも、妻であるわたしには。

先日、娘に教えてもらいました。いつかのブログにも書きましたが、主人はこっそり大学病院を訪ね、かつての主治医からわたしの予後について話を聞いています。主治医の見立てはやはり、「抗がん剤治療をやってもやらなくても、余命はもって一年」だったそうです。それが去年の三月の話ですから、もう半年近く余分に生かしてもらっていることになります。深海酵母のおかげです。

あれは、今年の年明け早々のことでした。勤め先の大学から帰宅した主人が、ビンに入った薄茶色の粉を差し出し、「サプリや漢方はもうやめて、代わりにこれを飲みなさい」と言うのです。何かと訊ねますと、「私が研究室で作った、深海酵母の粉末だよ」と。

聞けば、それは今まで知られていなかった種類の酵母で、一年前まで研究室にいた女子学生さんが偶然発見したとのこと。主人が研究を重ねた結果、その酵母が作り出すカロテノイドとかいう物質に、強い抗がん作用があることがわかったというのです。

おそらく主人は、わたしが効きもしないサプリや漢方を飲み続けているのを見て、それなら自分が作ったものを与えたほうがまだいいと考えたのでしょう。抗がん作用という点では、わたしがそれまで飲んでいた商品と大差ないのだろうと思います。もしこの深海酵母が本当にがんに効くのであれば、主人はその結果を論文にしたり、学会で発表したりするはずです。でもそんな話は一度も聞いたことがありませんから。

そういう意味では、主人はわたしに嘘をついたことになります。残り短い時間を、わたしが心安らかに、前向きに過ごせるようにと思ってついた、心づくしの嘘です。

でも、そのときのわたしは、主人の話を頭から信じ込みました。当然です。わたしは主人を、人としても学者としても信じ切っていましたから。もちろんそれは今も変わりません。それに、何度も言いますが、深海酵母を飲み始めて体調がよくなったのは、紛れもない事実なのです。

偽物の薬が効き目を発揮することを、「プラセボ効果」というそうですね。わたしの体に起きたことも、科学的にはそう呼べるのかもしれません。でも、そんなことはどうでもいいのです。わたしにとって大事なことはただ一つ。主人の深海酵母のおかげで、わたしはこの半年余り、希望をもって生きることができたということです。別れのときが来る前に、このことだけは主人に伝えたいと思っています。

「——つまり……」何から訊けばいいかわからないまま、圭が言う。「もともと海老沼教授は、奥さんのためだけに深海酵母を……効果などないと知りながら……？」

美冬がうなずいた。「より強いプラセボ効果を狙ったのか、あるいは、同じ騙すなら自分の手でと思ったのか。その両方かもしれない。とにかく、奥様を思っての行動だったことは間違いないと思う」

「で、その深海酵母を発見した女子学生というのが——」宇賀神が間をとった。

「わたしよ」美冬がきっぱり言う。「もちろん当時はそんな認識はなかった。大学院に進学して半年ほどの間、わたしは修士論文のテーマを探しながら、卒論の続きのようなことをやっていた」

「富山湾で採取された海洋酵母の分子系統解析、だな」宇賀神が確かめる。

「そのとき解析した酵母の中に、富山湾最深部の海底で見つかった株が含まれていた。深海酵母と呼んでいいものだね。その株を培養してみると、培地が真っ赤に染まったの。赤い色素は、カロテノイドだった」

「カロテノイドを生産する酵母は、珍しくない」

「そうだね。だからわたしはとくに興味ももたず、その株を海老沼先生に預けてしまった。先生が詳しく調べたところ、そのカロテノイドは新しい種類のもので、強い抗酸化作用があることがわかった。でも、ただそれだけ」

「カロテノイドなどの抗酸化物質ががんの予防に効くという話はある。だが――」宇賀神がそこでかぶりを振る。「食品として摂取できる程度の量の抗酸化物質によって体内の反応が影響を受けるとは考えにくい。ましてや、がんを治すために深海酵母を飲むのは、抗酸化サプリを摂るのと同じで、気休めにしかならん」

「本当にショックだった。わたしが偶然あの深海酵母を見つけたことが、すべての始まりだったなんて――」

美冬は唇を結び、遠くの海に目をやった。潮風をもろに受け、黒い瞳がうるんでいる。その横顔に、宇賀神が言う。

「お前自身の手でけりをつけなければならないというのは、そういう意味だったのか」

「VEDYのこと、先生のこと、鍵山のこと、すべてにね」美冬は宇賀神に向き直る。「とくに先生に関しては、猶予《ゆうよ》がないと思った。認知症を発症しているのに、どこでどうしているかもわからない。VEDYはそれをひた隠しにし、実の娘の問い合わせにも応じない。わたしが先生に送ったレポートは、鍵山に奪われ、改竄《かいざん》されて、篠宮論文として投稿されたに違いなかった。平気でそんな真似をするVEDYという組織が、先生をきちんと扱うとはとても思えない。わたしは、先生の身に何かよくないことが起きていると直感した」

「お前がVEDYに潜り込んだ経緯については、蓮見さんから聞いている」

美冬がうなずいた。「鍵山はわたしのために新しい研究ユニットを用意した。製品開発とは関係のない、純粋な深海酵母の研究部署。そこで生命科学の基礎研究をきちんとやったほうが、VEDYの信頼度も認知度も上がる――面接のときにそうわたしが提案したの。鍵山も以前から同じようなことを考えていたみたいだけど、それができる研究者がいなかった」

「お前が自ら売りこみにきて、まさに渡りに船だったわけだ」

「わたしはユニットリーダーとしてラボを立ち上げて、仕事を始めた。怪しまれないためにも、そこはちゃんとやったつもり。そのかたわら、海老沼先生に会わせてほしいとあちこちにはたらきかけた。でも予想どおり、体調不良や多忙を理由に、わたしの要望はことごとくはねつけられた。一応わたしも幹部社員という扱いだったけど、先生が認知症だという事実が伝えられることはなかった。やっぱり自力で先生の居場所をつかむしかない。わたしは無理に用事をつくって、頻繁に本部棟まで足を運んだ。とくに、総務部秘書課に」

「誰か協力者でもつくったのか」

「さすがに秘書たちを丸め込むのは難しい。だから、秘書課で雑務をしているアルバイトの女性と仲よくなった。優しい人で、利用するのは忍びなかったけど。わたしが海老沼会長の教え子で、その身を案じていると言うと、彼女は知っている限りのことを教えてくれた。先生の言動がおかしいとまわりのスタッフが気づき始めたのは、二年前のちょうど今頃。肺炎で一ヵ月ほど入院したあとだったらしい」

「ってことは、お前に例の実験を依頼してきたときには、やはりもう――」

「そういうことになるね。その頃はまだ、ときどき変なことを言う程度だったみたい。それから急激に症状が悪化して、去年の八月、幹部たちが認知症専門病棟のある病院に入院させた。厳しい箝口令《かんこうれい》がしかれていて、そのアルバイトの女性もそこまでしか知らなかった。ただ、先生の件を担当させられているという噂のある社員の名前を教えてくれた。総務課の男性社員なんだけど、はっきり言って、認知症患者の世話係には一番ふさわしくないタイプの男。

　わたしはその男の動きを追うことにした。夜中に本部棟に忍び込んで、彼の出張履歴を盗み見たり、申請した経費を調べたり。二ヵ月ほどかけてわかったことは、最初に入った病院は半年ほどで出て、その後は東京近郊の老人ホームを転々としていたということ」

「なんで転々としていたんだ?」

「そもそも短期滞在という約束で入っていたり、徘徊がひどいのでもう面倒はみられないと言われたり、だね」

「たらい回しにされたわけか」

「だんだんひどいところへとね」美冬が眉根を寄せる。「そして、どうやら先生は所《ところ》沢《ざわ》のグループホームにいるらしいということもわかった。わたしは本部棟から外出する男性社員のあとをつけて、それを確めた。今年八月の終わりのこと。その翌日、先生に面会に行ったんだけど、もう今みたいな状態でね」

「お前が誰かもわからなかったんだな」

「うん。実はね、先生の骨折に気づいたのは、わたしなの。ホームの職員は、ただの打撲だと思って放置していた。手足にひもで縛《しば》られたような跡もあったし、たぶん拘束されていたんだと思う」

「ひどいな」

「それだけじゃない。ホームの職員は悪びれもせずに言った。『こういう人は、もう精神科の閉鎖病棟に閉じ込めておくしかないですよ』って——」

車椅子のハンドルを握る美冬の手に、力がこもる。

「わたしは、もう限界だと悟った。これ以上先生をここに置いておけない。もちろんVEDYへ帰せるわけもない。わたしはすぐ娘さんに連絡した。娘さんは驚いて、先生を札幌に引き取ると言ってくれた。でも、すぐにはできなかった」

「どうしてですか」圭が訊いた。

「娘さんは、三人目の子どもを妊娠していたんだ」宇賀神が代わりに答える。そのあたりの事情はすでに美冬から聞いているらしい。「八月末の時点で、妊娠八ヵ月。しかもそのとき、妊娠高血圧症候群で入院していた。高齢出産のときに発症リスクが高くなる病気だ」

「ご主人は彼女のそばを離れられないし、他に頼れる人もいない。だから、わたしが先生をそのグループホームから連れ出した。今みたいに、ちょっと散歩に出ますと言って施設を出て、そのまま逃げたの。九月二日のこと」

つまりその日が、美冬失踪の日でもあるわけだ。圭は素直な疑問を口にした。

「警察に通報されたりはしなかったんですか」

「面会簿にはわたしの名前と勤務先を偽らずに書いておいた。先生の身元引受人も同じVEDYの社員なんだから、ホームからまずはVEDYに問い合わせがあったはず。VEDYのほうでは、先生を連れ出したのがわたしだとわかった以上、警察沙汰にはしないと踏んだの」

「だろうな」宇賀神がうなずく。「警察に通報すると、娘さんに連絡がいってしまう」

「それに、もし事件として報道されでもしたら、VEDYの会長が認知症だということが世間に知れ渡る。VEDYとしてはそれは絶対に避けたいはず。だから、彼らだけでわたしの行方を捜していたんだと思う」

「まずはどこへ逃げたんだ」宇賀神が訊いた。

「あてはなかったけど、とりあえず千葉方面へ向かった。それからの一ヵ月は、本当に大変だった。先生と二人でビジネスホテルやウィークリーマンションを渡り歩きながら、短期でいいから先生を受け入れてくれる施設を探した。先月になって、やっとここにたどり着いた」

「逃避行も、今日で終わりだな」

「――そうだね」

目だけでうなずき合う二人に、横から訊く。

「今日で終わりというのは、どういうことですか？」

「二日前、娘さんが無事に出産したんだ」宇賀神が言った。「元気な男の子だと。明日の朝、ご主人が教授を引き取りにくることになってる」

「そういうことでしたか。でも――」

なぜ宇賀神は、教授が去る前日になるまでここへ来なかったのか。美冬から電話があったのは、先週のことなのだ。そう訊ねようとしたとき、宇賀神が腕時計に目を落とした。

「三時だ。そろそろある人物が訪ねてくる」

「もったいぶらなくていい。鍵山でしょ」美冬が冷淡に言う。

「え!?」圭は驚きの声を上げた。その話も聞かされていない。

「わかっていたか」宇賀神が唇の端を片方上げる。

「あなたの考えそうなことだもの」

「教授を捜すだけで精いっぱいで、鍵山の件まで手が回らなかったんだろ？」宇賀神はなぜか得意げだ。「ついでにここで決着をつけさせてやろうと思ってな」

「確かに、いい機会かもしれない。結局、ＶＥＤＹにいたときは一度も鍵山に会えなかったしね。あの男にぶつける言葉は、ずっと前から用意してある」

二人のやりとりを聞きながら、圭はマカベ理化の平田のことを思い出していた。おそらく宇賀神は、平田を使って鍵山にこんなメッセージを届けたのだ。〈海老沼会長の居場所を知っている。一週間以内にもう一度連絡するので、指定した日時に指定した場所まで来い〉と。

それから一分もしないうちに、宇賀神が「来たぞ」と建物のほうにあごをしゃくった。見れば、テラスに二人の男がいる。鍵山ともう一人、運転手か付き人だろう。どちらも背広姿だ。

鍵山だけがスロープを下り、遊歩道をこちらに向かってくる。細長い顔に、うしろになでつけたうすい黒髪。目の下のたるみまではっきりわかる。ＶＥＤＹ公式サイトの写真で見たとおりだ。

その行く手をさえぎるように、宇賀神が遊歩道の真ん中に立った。先に鍵山に声をかける。

「約束は守ってもらえたようだな」

「あなたが宇賀神さんか」鍵山が立ち止まって応じる。やや高いしゃがれ声だ。「あなたに言われるまでもなく、大勢でおしかけて会長をさらうような真似はせんよ。うちはれっきとした企業だ。ヤクザや犯罪集団ではない」

「そりゃそうだ。ヤクザや犯罪集団のほうがまだかわいげがある」

鍵山は小さな目をさらに細めた。宇賀神のわきをすり抜け、美冬と海老沼に近づく。車椅子の横で膝を折り、海老沼を見上げる。

「いいところじゃないですか、会長」笑顔で言った。「会長の大好きな海のそばだ」

驚いたことに、海老沼は海を見つめたまま、「――ああ」と小さくうなずいた。鍵山は満足げに立ち上がり、今度は美冬に視線を向ける。

「宇賀神さんはあの蓮見教授のお仲間なのだから、君も同じということでいいんだろうね」怒りの成分を完全に排除した声だった。「いい人材が――VEDYの将来を担ってくれるような研究者が来てくれたと喜んでいたんだが、まんまといっぱい食わされたよ。いったい、会長をどうする気なんだね」

「札幌にいる娘さんのもとへ帰します。明日、迎えがくることになっていますから」

「――なるほど」鍵山は顔色こそ変えなかったが、瞳がかすかに揺れていた。どんな対応が最善か、瞬時に判断しようとしているようだった。

「力ずくでも先生を連れ戻すと言うなら、警察に通報するしかない」

「娘さんが引き取ってくれるなら、結構なことだ。もちろん我々に異論はない」

「何を今さら」美冬が言い捨てる。

鍵山は動じることなく、質問を変えた。

「君は、こんなことをするためだけに、うちに潜り込んだのかね？」

「もう一つの目的は、論文捏造の物的証拠をつかむこと。上席研究員の篠宮が書いた、深海酵母の抗がん作用に関する論文」

「あれが捏造とは、どういうことだ」

「このわたしが、あの実験をやってレポートを書いた本人が、捏造だと言ってるのよ」

さすがの鍵山も、今度は大きく眉を動かした。だが、驚きを言葉にすることはない。

「何のことかよくわからんが、篠宮が帰国したら話を聞いてみよう。彼に限って、不正など働くはずがないが」

「そうやってとぼけていればいい。あなたたちの不正を暴く方法は、いくらでもある」

鍵山はあきれ顔でかぶりを振った。美冬は一瞬宇賀神と目を合わせ、鍵山に告げる。

「VEDYに潜り込んだ目的はもう一つある。わたしにとっては、ある意味一番大きな目的。あなたの正体を暴くことよ」

鍵山はうすい唇を弓なりに曲げた。驚いたのではなく、微笑んだのだ。

「わたしの正体？　おもしろそうなお話だ」

美冬は鍵山をにらみつけた。その瞳の中で、怒りの種火が再び炎を上げているように見えた。

「先生の奥様、幸枝さんが書き残した最後から二つめの日記。それを読んだとき、大げさじゃなく、うまく息ができなくなった。驚きと怒りで、体じゅうが震えた」

美冬はわずかに声を震わせながら、日記の内容を語る。

八月三十一日

今日で八月も終わりですね。

昨日、久しぶりにハナコさんからメールが届きました。相変わらず、熱心に深海酵母の頒布活動を続けているようです。

相談ごとのメールでした。ハナコさんは高岡にお住まいで、四月に開いた頒布会にも、高岡の方が何人か来ていました。その中に食道がんの男性がいたのですが、その男性の古いお友だちだという方が、主人に会いたがっているというのです。その方は、東京にある小さな健康食品会社の社長さんで、名前は鍵山さん。どうやら、その食道がんの男性から深海酵母の話を聞きつけ、商品化できないかと興味をもったようです。

鍵山さんという方はもともと高岡の人で、十数年前まで高岡で鍼灸院を開いていたそうです。その食道がんの男性もずっと高岡で商売をされていて、お二人は商店会の集まりで親しくなったと聞きました。鍵山さんが高岡を離れ、奥さんの実家に引っ越したあとも(婿《むこ》養子に入ったとのこと)、お二人は連絡を取り合っていて、今回の話になったようです。

ハナコさんは鍵山さんという方のことをすっかり信用しているようですが、わたしにはよくわかりません。もう興味がないのです。この話を主人にするつもりはありませんし、メールの返事も書かないと思います。彼女に預けていた頒布用の深海酵母が底をつきそうだとも書いてありましたが、追加分を送るつもりもありません。ハナコさんと知り合ったころのわたしは、どうかしていました。舞い上がって開設したブログも、もう閉じてあります。

深海酵母は、わたしのためだけのものなのです。他の人が飲んだところで、わたしと同じような効き目はありません。今はそれがよくわかります。

「――幸枝さんが亡くなったのは、その日記を書いた一ヵ月後。娘さんによれば、日記のとおり、幸枝さんは先生にあなたの話をしなかった。でも結局、幸枝さんが亡くなったあと、ハナコという人物を介して、あなたは先生に接触した」

美冬が言葉を切った。鍵山は興味深げに美冬を見つめている。圭はただ息をつめていた。次に言葉を発したのは、宇賀神だった。

「――そういうことだったのか」

「これを読んで初めて、あの論文の著者の『篠宮』という名字と、鍵山がつながった」美冬が鍵山に言葉をぶつける。「あなたの本名は篠宮。そして、上席研究員の篠宮は、あなたの息子よ。違う？」

鍵山は答えない。美冬は強い口調で続ける。

「日記には、あなたは高岡を離れたあと、婿養子に入ったとある。昔の友だちにはそう説明したんだろうけど、そんなの、偽名を使い始めた口実にきまってる。高岡でトラブルを起こして逃げたから、篠宮という名前を捨てただけ」

「で、息子のほうは親戚の子どもということにして、本名で生活させていたわけか」

宇賀神が言った。

「わたしが見つけたあの深海酵母が、わたしがこの世で一番憎んでいる、がんの代替療法に使われようとしている。しかも、わたしがこの世で一番憎んでいる男の手で。そんなこと、絶対に許せなかった。わたしがきっかけを作ってしまったのなら、わたしの手でそれを葬り去らなければならない。もうこれ以上、あなたの好きにはさせない」

「――わからんな」鍵山がやっと口を開く。「なぜ私が君にそこまで恨みを買っているのか」

「あなたが、わたしの母を殺したからよ」美冬が押し殺した声で言う。「わたしの母、桜井美千子は、がんだった。あなたの鍼灸院に通い、言うとおりにすれば治るというあなたの言葉にしたがって、死んだ」

「つまり、君の母上を死に追いやった鍼灸師が、君が見つけた深海酵母を使って、海老沼会長とともにVEDYを作り上げたというのかね。本当にそんな出来事があったとしたら、まさに運命のあや。すごい偶然じゃないか」

「偶然なんかじゃない。すべては富山と高岡で——山と海に閉じこめられた、ほとんどとなり合う街で起きたことよ」

「申し訳ないが、桜井美千子という人は、存じ上げないな」

「覚えているわけないでしょうね。あなたにとって患者は、洗脳と支配の対象。あなたに盲従し、金を運んでくるだけの存在。一人ひとりの顔や名前、ましてやその人生や苦しみに、興味なんて微塵もないんだから」

「そこまで言われると——」鍵山が口の端をゆがめる。いつか宇賀神が評したように、下品な顔つきになった。「その鍼灸師が気の毒になってくるよ」

「あなたの本名が篠宮だという物証は、まだつかめていない。でも、さっきあなたはわたしの質問に答えなかった。それが答えだと受け取っておく」

「どう受け取ろうが、君の自由だ。そんなことより——」鍵山が人差し指を立てた。

「一つ教えてほしいんだが、その鍼灸師は、何か悪事をはたらいたのか？　法を犯したとでもいうのかね？」

「法は犯してないかもしれない。でも、騙した」

「騙した？　患者が自ら選んだのだろう？　その鍼灸師は、彼の信じるやり方を提示した。医者たちもまた、彼らの信じるやり方を提示する。他の代替療法も同じだ。そのうちどれを信じ、選ぶかは、患者の自由だ。誰も強制はしない。そして当然、どのやり方でも、助かる者と、助からない者がいる」

「それは……」美冬が言いよどむ。「そんなのは、詭弁《きべん》――」

「いいかね、桜井さん。人は誰しも、よりどころを求めている。みな、自分の頭では考えたくないし、自信もないからだ。例えば、宗教、占い、風水だってそうだ。そういう意味では、科学もよりどころになるはずだが、うまくいっていない。なぜだかわかるかね？」

美冬が口を開くよりはやく、鍵山が断じる。

「人間は、理性より感情が勝つ生き物だからだよ。合理的で理性に訴える説明と、非合理的だが感情に訴える説明を並べてやると、大半の人間は後者を選ぶ」

圭は、ＶＥＤＹの元技術者、金谷の言葉を思い出していた。やはり鍵山は、それをよくわかった上で事業をやっているのだ。美冬と宇賀神を交互に見ながら、鍵山がさらに言う。

「君たちは、正義の味方気取りで〝ニセ科学〟なるものを攻撃し、悦に入っているようだな。だが君たちは、君らが思っている以上に、世間から反感を買っている。今私が言ったようなことをまったく理解していないからだ。蓮見教授が理性で語る言葉は、人々の感情に響かない。世間は君たちのことをこう思っているぞ。結局のところあいつらは、自分たちが賢い、正しい、えらいと思っている。俺たち科学オンチを下に見ている。ふたこと目には、科学は素晴らしい、科学を学べ。まったく大きなお世話だ、とな」

そこに関しては、鍵山が正しいと思った。宇賀神がどんな表情をしているか、気になった。その横顔をうかがうと、なんと小指で耳の穴をほじりながら、よそ見をしている。

だが鍵山はもう宇賀神も美冬も見ていない。視線はもっと上に向けられている。自分の言葉に酔っているのか、声まで徐々に高くなっていく。

「もちろん、私は君たちと同じ、科学の側に与《くみ》する人間だ。君たちと違うのは、このままではいけないと常々憂《うれ》えていたということだ。そんなとき、海老沼会長と出会い、深海酵母の無限の可能性を知った。そして、VEDYこそ、理性と感情の垣根を越える存在だと確信した。私はVEDYの振興活動において、科学の用語を、人々の感情に訴え得る言葉に翻訳した。科学の領域を、精神の領域にまで拡大したと言ってもいい。科学の潮流は、今後この方向に進むだろう。そう、VEDYを旗頭にして」

鍵山は両手を広げ、陶然として固まった。束の間の静寂《せいじゃく》をはさんで、宇賀神が「ふん」と鼻を鳴らす。

「意味不明な演説はもう終わりか。ツッコミどころが多すぎて、どこからいくか迷うぞ」

鍵山が首を回し、初めて宇賀神をにらみつけた。宇賀神はにやついて、指を一本立てる。

「まず第一に、俺は蓮見教授の仲間じゃない。ここだけはあんたに同意するが、彼らの言動は確かに鼻につく。科学オンチを啓蒙してやろう、非科学的な人々を説き伏せてやろうという匂いがぷんぷんする。だからネットでアンチと喧嘩ばかりしている。俺はそんなことはしない。ただ単に、科学オンチや非科学的な連中を見下しているだけだ。当たり前だ。俺は本物のプロだからな。レッスンプロじゃない」

美冬は眉根を寄せたまま、二人を見守っている。宇賀神が、立てた指を二本に増やす。

「第二に、あんたは『科学の側に与する人間』ではない。科学の勉強などしたことのない、金で買った学位をぶら下げた、金儲けにしか興味がない、チンケな詐欺師だ」

「それはあまりに礼を失した発言ではないかね」

「いや、俺はあんたが科学を学んだことがないと言い切ることができる」

「なぜだ」

「あんたが不遜《ふそん》だからだよ。知らないのか？　科学というのは、学べば学ぶほど、人を謙虚にするんだよ。研究を進めるたびに、自然の精緻さと複雑さを思い知り、自分がその深淵《しんえん》のほんの入り口しかのぞいていないことを思い知る。ただの深海酵母を万能だと言ってみたり、『波動』とかいう与太で何でも説明できるとほざいたりするのは、愚かな誤りである以前に、不遜極まりない態度だ」

「そういうあなたは、謙虚な人間なのかね。さっきの自信満々な言葉と矛盾しているようだが」余裕を見せようとしてか、鍵山は無理に口角を上げた。

「俺ほど謙虚な研究者はいないよ。自然に対してだけはな」

宇賀神はそう言い放ち、三本目の指を立てる。

「第三に、あんたが人の不安や善意につけこんで汚い商売をしているのは明らかだが、それでもなお、人々によりどころを提供したいなどと言い張るなら、新興宗教の教祖にでもなれ。占い師か、風水師でもいいぞ。科学は人のよりどころにはならない。科学は人を幸せにするための営みではないからだ。科学は人に優しくない。ときに絶望的な事実を平気でつきつける。例えば、人は死んだら無になるだけとか、あなたの病気は治りませんとかな。

科学は人によりよい生き方を教えてくれたりはしない。その証拠に、ごく一部の優秀な連中を除くと、科学者はたいてい貧乏で不幸だし、純粋な人間も多いが、嫌なやつも山ほどいる。科学はただ、世界の仕組みを知りたいという欲求に応えてくれるだけだ。それ以上でも以下でもない」

今度は宇賀神が両手を広げた。その様子に、鍵山がわざとらしく声を立てて笑う。

「あなたの演説も相当なものじゃないか。そういえば、うちのスタッフから聞いたよ。あなたは、『科学はゲームだ』とテレビで公言したそうだな」

「そう、今それを言おうと思っていた。科学はゲームだから、ルールがある。科学のルールってのは、科学のやり方、手続きのことだ。それをちゃんと踏まえないと、ゲームが正しい方向に進まないし、他のみんなと競えない。先人たちが試行錯誤《しこうさくご》しながら、体系化してくれた。ゲームをうまくやるのと、ルールを理解するのはまったくの別ものだ。ルールは小学生にも理解できるから、たぶんあんたにも覚えられるぞ。あんた、野球は好きか？」

「野球？　子どものころは遊びでやったが、それがどうした」

「科学を野球にたとえると、俺はメジャーで四番を打つような超一流のプロだ。もちろん、ルールさえ学べば、誰でも野球は楽しめる。科学も同じだ。小学生の自由研究でも、正しいやり方でデータを集め、それを正直に集計し、結論を導くことができれば、十分科学たり得る。だからといって、少年野球や草野球の素人どもがメジャーに勝負を挑めると思っちゃあいけない。まあ、よほど一生懸命練習しているチームなら、相手をしてやらんことはない。容赦なくこてんぱんにしてやる。だがな、絶対に許せないやつらがいる。練習はおろか、ルールを覚えることすらせず、ユニフォームだけ着てグラウンドに入ってこようとする連中だ」

宇賀神は人差し指を鍵山に突きつけた。鍵山がまた固まる。

「それがあんたらだ。ＶＥＤＹのような疑似科学だ。科学を装い、科学の土俵に土足で踏み込んで、人々を食い物にする。しかも、俺たちプロに喧嘩を売りやがった。お前たちは、科学のコンタミだ。科学という培地に入り込んだ薄汚い雑菌だ。これ以上繁殖する前に、俺が濾過《ろか》してやる」

タイミングをはかったかのように、雲の切れ間から光が差し込んだ。同時に強い海風が吹いて、皆の髪を乱れさせる。鍵山は額にたれた前髪もそのままに、言った。

「どうやって濾過するつもりかね」

「昔から、人の嫌がることをするのは得意でね。七並べも強い」宇賀神が肩をすくめる。「幸い、俺は蓮見教授と違って、若く、有名で、顔もいい。メディアに出る機会も多いから、その度にＶＥＤＹを宣伝してやろう。あれはただの詐欺だとな」

「どういう評価であれ、露出が増えるのはいいことだ」

「科学というゲームの舞台は、俺やあんたがいるこの世界すべてだ。ゲームに参加していようがいまいが、科学はこの世のすべての人間に等しく同じものを見せる。合理的・非合理的、宗教・無宗教、うどん派・そば派にかかわらずだ。それは何を意味す

講談社文庫 最新刊

太田尚樹　世紀の愚行　〈太平洋戦争・日米開戦前夜〉
リットン報告書からハル・ノートまで、戦前外交失敗の本質。日本人はなぜ戦争を始めたのか。

木内一裕　ドッグレース
最も危険な探偵が挑む闇社会の冤罪事件。警察×検察×ヤクザの完全包囲網を突破する！

鏑木蓮　疑薬
集団感染の死亡者と、10年前に失明した母にはある共通点が。新薬開発の裏には――。

町田康　ホサナ
私たちを救ってください――。愛犬家のバーベキューに突如現れた光の柱。現代の超訳聖書。

伊与原新　コンタミ 科学汚染
悪意で汚されたニセ科学商品。科学は人間をどこまで救えるのか。衝撃の理知的サスペンス。

逢坂剛　奔流恐るるにたらず　〈重蔵始末(八)完結篇〉
破格の天才探検家、その衝撃的な最期とは。著者初の時代小説シリーズ、ついに完結。

マイクル・コナリー　古沢嘉通 訳　素晴らしき世界(上)(下)
ボッシュと女性刑事バラードがバディに！孤高のふたりがLA未解決事件の謎に挑む。

ジャンニ・ロダーリ　内田洋子 訳　緑の髪のパオリーノ
イタリア児童文学の名作家からの贈り物。不思議で温かい珠玉のショートショート！

講談社文庫 最新刊

浅田次郎
おもかげ
定年の日に地下鉄で倒れた男に訪れた、特別な時間。究極の愛を描く浅田次郎の新たな代表作。

神永学
悪魔と呼ばれた男
「心霊探偵八雲」シリーズの神永学による予測不能の本格警察ミステリ――開幕！

濱嘉之
院内刑事《デカ》 ザ・パンデミック
「絶対に医療崩壊はさせない！」元警視庁公安・廣瀬知剛は新型コロナとどう戦うのか？

堂場瞬一
ネタ元
五つの時代を舞台に、特ダネを追う新聞記者たちの姿を描く、リアリティ抜群の短編集！

橘もも
原作：ヤマシタトモコ
脚本：相沢友子
さんかく窓の外側は夜
〈映画版ノベライズ〉
霊が「視《み》える」三角《みかど》と「祓《はら》える」冷川《ひやかわ》。二人の〝運命〟の出会いはある事件に繋がっていく。

東山彰良
女の子のことばかり考えていたら、1年が経っていた。
女性との恋愛のことで頭が満ちすぎている男たちの哀しくも笑わされる青春ストーリー。

麻見和史
凪《なぎ》の残響
〈警視庁殺人分析班〉
切断された四本の指、警察への異様な音声メッセージ。予測不可能な犯人の狙いを暴け！

夏原エキジ
Cocoon2
〈蠱惑の焰〉
羽化する鬼、犬の歯を持つ鬼、そして〝生き鬼〟。瑠璃《るり》の前に新たな敵が立ち塞がる！

久坂部羊
祝葬
人生100年時代、いい死に時とはいつなのか？ 現役医師が「超高齢化社会」を描く！

笙野頼子
海獣・呼ぶ植物・夢の死体
初期幻視小説集

解説＝菅野昭正　年譜＝山﨑眞紀子

体と心の「痛み」と向き合う日々が見せたこの世ならぬものたちを、透明感あふれる筆致で描き出した初期作品五篇。現在から当時を見つめる書下ろし「記憶カメラ」併録。

978-4-06-521790-0
しＬ4

笙野頼子
猫道
単身転々小説集

解説＝平田俊子　年譜＝山﨑眞紀子

自らの住まいへの違和感から引っ越しを繰り返すうちに猫たちと運命的に出会い、彼らと安全に暮らせる空間が「居場所」に。笙野文学の確かな足跡を示す作品集。

978-4-06-290341-7
しＬ3

石田衣良　逆島断雄〈本土最終防衛決戦編1〉
石田衣良　逆島断雄〈本土最終防衛決戦編2〉
井上荒野　ひどい感じ—父・井上光晴
稲葉　稔　椋鳥の影〈八丁堀手控え帖〉
井川香四郎　冬の蝶〈梟与力吟味帳〉
井川香四郎　日照り草〈梟与力吟味帳〉
井川香四郎　忍《すい》冬《かずら》〈梟与力吟味帳〉
井川香四郎　花《はな》詞《ことば》〈梟与力吟味帳〉
井川香四郎　雪の花火〈梟与力吟味帳〉
井川香四郎　鬼《き》雨《う》〈梟与力吟味帳〉
井川香四郎　科《しな》戸《と》の風〈梟与力吟味帳〉
井川香四郎　紅《くれない》の露〈梟与力吟味帳〉
井川香四郎　惻《そく》隠《いん》の灯〈梟与力吟味帳〉
井川香四郎　三人羽織〈梟与力吟味帳〉
井川香四郎　吹《すい》花《か》の風〈梟与力吟味帳〉
井川香四郎　飯盛り侍
井川香四郎　飯盛り侍　鯛評定
井川香四郎　飯盛り侍　城攻め猪
井川香四郎　飯盛り侍　すっぽん天下

井川香四郎　御三家が斬る！
井川香四郎　御三家が斬る！〈殺しの鬼棲む妻籠宿〉
伊坂幸太郎　チルドレン
伊坂幸太郎　魔王
伊坂幸太郎　モダンタイムス(上)(下)
伊坂幸太郎　PK
伊坂幸太郎　サブマリン
絲山秋子　逃亡くそたわけ
絲山秋子　袋小路の男
石黒　耀　死都日本
石黒　耀　震災列島
石黒　耀　忠臣蔵異聞〈家老　大野九郎兵衛の長い仇討ち〉
犬飼六岐　筋違い半介
犬飼六岐　吉岡清三郎貸腕帳
石川大我　ボクの彼氏はどこにいる？
石松宏章　マジでガチなボランティア
伊東　潤　疾《はや》き雲のごとく
伊東　潤　戦国鬼譚　惨
伊東　潤　虚《うつ》けの舞

伊東　潤　叛《はん》鬼《き》
伊東　潤　国を蹴った男
伊東　潤　峠越え
伊東　潤　黎明に起《た》つ
伊東　潤　池田屋乱刃
市川拓司　吸涙鬼
石飛幸三　「平穏死」のすすめ〈口から食べられなくなったらどうしますか〉
伊藤理佐　女のはしょり道
伊藤理佐　また！女のはしょり道
石黒正数　外《げ》天《てん》楼《ろう》
伊与原新　ルカの方《はこ》舟《ぶね》
稲葉圭《よし》昭《あき》　恥さらし〈北海道警　悪徳刑事の告白〉
稲葉博《ひろ》一《いち》　忍者烈伝
稲葉博一　忍者烈伝ノ続
稲葉博一　忍者烈伝ノ乱〈天之巻〉〈地之巻〉
伊岡　瞬　桜の花が散る前に
石川智健　エウレカの確率〈経済学捜査員　伏見真守〉
石川智健　エウレカの確率〈よくわかる殺人経済学入門〉
石川智健　エウレカの確率〈経済学捜査と殺人の効用〉

講談社文庫　目録

講談社文庫　目録

2020年9月15日現在